JOURNAL D'APOCALYPSE

Philippe Nibelle

JOURNAL D'APOCALYPSE

avec la collaboration de
Dominique Cellura

Éditions de Noyelles

Éditions de Noyelles
123, boulevard de Grenelle, Paris
www.franceloisirs.com
Une édition du Club France Loisirs, Paris
réalisée avec l'autorisation des Éditions du Rocher.

ISBN : 978-2-298-04703-5

Si le monde explose, la dernière voix audible sera celle d'un expert disant que la chose est impossible.

Peter Ustinov

1

De la façon d'occuper son temps en attendant l'apocalypse

J'ai enseigné la langue française à Tokyo avant de m'établir, il y a six ans, à Aizu Wakamatsu, préfecture de Fukushima – aujourd'hui, la terre entière sait placer Fukushima sur la carte du Japon, mais ce n'a pas toujours été le cas. De même, rares sont les Occidentaux en mesure de vous parler d'Aizu Wakamatsu, parce qu'il faut bien l'admettre, exception faite du château autour duquel la ville a été édifiée et la notoriété justifiée de son saké, elle n'a aucune raison d'alimenter les conversations. Aizu Wakamatsu recense cent trente mille âmes, à quelque 100 km de Fukushima et de sa centrale nucléaire, et pour peu qu'une affaire vous appelle à la capitale, vous y êtes en moins de deux heures par le train. La vie y est paisible ; en tout cas, j'ai fait en sorte que la mienne le soit. J'aborde la soixantaine, je vis avec la femme que j'aime, j'ai des amis, des relations, des voisins. Et je dispense toujours des cours à l'université, ce qui me confère une place enviable au sein de la société nippone. Ici, en effet, que vous ayez pour élèves des enfants de la maternelle ou des jeunes gens désireux d'embrasser la médecine, la fonction d'enseignant vous propulse d'emblée au sommet de la pyramide sociale. Le Japon est un pays où les parents se déchargent entièrement de leurs responsabilités sur les profs pour ce qui concerne l'éducation, d'où le respect qu'ils manifestent à ces derniers – et les chèques confortables que les enseignants encaissent à la fin du mois. Autre avantage lié à mon activité, celle-ci me laisse du temps. Beaucoup de temps. Je le consacre donc à ce qui demeure ma grande passion : la restauration de meubles japonais anciens. J'aime le calme de mon atelier, les heures qui s'égrènent avec lenteur, le soin, l'application qui accompagnent chacune de mes entreprises, et aussi, je dois l'admettre, le fait de me trouver seul. Rester des journées durant sans échanger avec quiconque n'est pas pour me déranger, bien au contraire ; n'allez pas en déduire que je suis taciturne pour autant, d'aucuns trouvent ma compagnie agréable.

Le 11 mars 2011, je suis donc penché, un marteau à la main, des clous pincés entre mes lèvres, sur la table d'un jeu de go que j'ai transformée en tabouret. C'est le début de l'après-midi, il neige, j'aperçois les flocons qui tourbillonnent emportés par de violentes bourrasques – je suis au chaud, je savoure l'instant. J'ai appris au fil des années à me repaître de bonheurs infinitésimaux, et la fréquentation des Japonais n'est pas étrangère à ce savoir-faire…

Soudain, et sans le moindre signe annonciateur, un fracas assourdissant de bois qui craque, de verre qui se brise. Le temps de la surprise, quelques fractions de seconde, et une fissure déchire de bas en haut un mur de béton, alors que le sol se dérobe sous mes pieds – je crache les clous, lâche le marteau. Une secousse sismique... Encore une. Depuis le temps que je vis au Japon, j'y suis habitué. Mais celle-là, elle démarre fort. Trop. Tout est branlant, et ce grondement, toujours... Il n'en finit pas. Il va crescendo. Tout s'écroule autour de moi. Plus rien n'est fixe, plus rien n'est stable. Meubles, bibelots, lampes sont secoués de spasmes avant de tanguer, partir de guingois, puis se fracasser contre un mur ou contre le sol. Je ne sais par quel réflexe – alors que le monde menace de s'effondrer sur ma tête – je pense à enfiler mes bottes avant de me précipiter dehors. Je suis instantanément poussé par le vent et, comme le sol continue de trembler, je m'accroupis dans la neige. Et cette secousse monstrueuse qui s'éternise ; mes membres vibrent, mes tripes vibrent, je reste tétanisé – mon cerveau, lui, m'indique qu'il est temps de commencer à avoir peur. J'entends des cris... Difficile de dire d'où ils proviennent. Les bourrasques ont redoublé d'intensité et, avec cette neige, je ne vois rien. Je cherche à gauche, je cherche à droite... J'entends toujours les appels au secours. Une toute petite voix dans la tempête. Une voix d'enfant, me semble-t-il. Je suis à quatre pattes dans la neige quand je distingue une silhouette que je reconnais. C'est celle de Haruka-chan, elle a sept ans. Je me traîne jusqu'à elle. La petite fille est recroquevillée. En larmes. Elle a froid. Nous avons froid – pas pensé à enfiler mon anorak. Je la serre dans mes bras, je la frictionne. La terre ne s'est toujours pas apaisée. Depuis combien de temps tremble-t-elle ? Impossible à dire. Nous avons basculé dans l'irréel. Dans une dimension inconnue de terreur pure. Nous restons accroupis en quête d'équilibre. Cela secoue d'avant en arrière, puis latéralement – de gauche à droite, de droite à gauche ; le macadam ondule sous nos pieds, on l'entend craquer, on le voit s'ouvrir : de deux centimètres, puis trois, puis cinq, avant de s'élargir encore en une plaie béante. J'ai le souffle court et le cœur qui s'affole. Haruka-chan pleure. Terrorisée. Je n'ai pas moins peur que cette enfant. Et envie de pleurer, moi aussi. Je vais mourir là, aujourd'hui, loin de ceux que j'aime, il ne peut pas en être autrement. Je serre toujours Haruka-chan dans mes bras ; cependant, c'est à ma fille Chloé restée à Paris que je pense.

Je l'ignore encore mais, sous nos pieds, l'île d'Honshu vient de se déplacer d'un peu plus de deux mètres. Au bout de minutes interminables, quand le sol semble nous accorder enfin quelque répit, j'invite Haruka-chan à entrer chez moi en attendant le retour de sa maman. Elle refuse. Depuis qu'elle est en âge d'aller à l'école, on lui a appris qu'en cas de séisme, si l'on est dans un immeuble, on se réfugie sous une table ou un bureau ; si l'on se trouve dans une maison, il convient alors de sortir en laissant la porte ouverte. Cela permet, en cas de déformation des murs, de pouvoir y entrer à nouveau. Au plus fort de la tourmente, les automatismes qui lui ont été inculqués depuis la prime enfance demeurent présents à son esprit.

« Oui, tu as raison, lui dis-je en la posant encore tremblante sur le pas de ma porte. Attends-moi là… »

Je pénètre à l'intérieur de la maison sans la quitter des yeux. Je suis transi, attrape mon anorak à l'aveuglette et envoie valdinguer le portemanteau auquel il était suspendu. Je reviens vers l'enfant, m'agenouille, sèche ses larmes :

« Ta maman ne va plus tarder, c'est fini... »

Elle fait maintenant appel à toute la force de sa volonté pour contenir ses sanglots. Et y parvient... Sept ans, et déjà la maîtrise de ses émotions en présence d'un tiers.

Un crissement de pneus dans le virage juste avant la maison, une voiture blanche qui apparaît, s'immobilise. Un bruit de portière...

« Voilà ta maman, Haruka-chan ! Cours... »

L'enfant se précipite dans sa direction, bras écartés. Elle crie :

« Maman, j'ai peur, j'ai peur ! »

Elle fond en pleurs dans les bras de sa mère qui s'est agenouillée et l'étreint. Longuement. Les yeux fermés. Elle aussi est secouée de sanglots.

Il est temps maintenant de retourner chez moi afin de mesurer l'ampleur du désastre. Mais impossible d'entrer... Sans doute le portemanteau a-t-il coincé la porte en tombant – je ne sais pas. Toujours est-il que je dois trouver un autre moyen d'accès, et j'entreprends de faire le tour de la maison. Heureusement que j'ai enfilé mes bottes. Depuis deux mois, il a neigé comme jamais depuis cent ans au Japon. Je traverse la terrasse au prix d'infinies précautions – c'est une vraie patinoire –, m'approche de la baie vitrée qui donne sur la salle de bain : elle n'a pas résisté aux secousses et a explosé en milliers de morceaux. Au fond de la baignoire, sur le sol… Il y en a partout. J'enjambe l'encadrement, franchis quelques mètres sur un tapis de verre pilé, et me voici dans le salon recouvert de tatamis. Je le traverse sans me déchausser, ce qui relève de l'hérésie mais, il faut bien l'admettre, les circonstances sont exceptionnelles. Et puis, je ne dirai rien à ma femme. Du verre et encore du verre brisé. Plus rien aux murs. Plus rien sur les étagères. Plus rien dans les vitrines non plus. Les figurines, dont certaines étaient uniques, les porcelaines anciennes, les vases, les coupelles ; tout a été brisé, pulvérisé. J'ai chiné la plupart de ces objets durant les quinze années qui viennent de s'écouler ; j'ai fouiné, convoité, négocié, et ce sont autant de petits pans de ma mémoire qui vont finir dans un sac-poubelle de cinquante litres. Deux, pour être précis. J'en pleurerais. J'ignore encore qu'au moment de cet inventaire, une vague colossale submerge plusieurs villes portuaires au nord-est du pays. Et que les morts se compteront par dizaines de milliers.

J'entrouvre la porte de mon bureau : lampe, papier, stylos, ordinateur, caméra et téléphone ont dégagé de ma table de travail. Ils sont épars sur le sol, au milieu de livres et de revues. Mes pipes ont volé elles aussi – j'ai arrêté de fumer, il y a de cela quelques semaines, cependant j'y tiens encore : elles me rappellent une époque d'insouciance tabagique où le pire ne pouvait pas même m'effleurer l'esprit. Et c'était bon. J'entreprends de remettre les choses à leur place, plutôt à la hâte, quand je suis déséquilibré par une nouvelle secousse. Très brève. Mais puissante… Comme un choc entre deux voitures. Puis une nouvelle réplique, aussitôt, d'une grande violence elle aussi. Au moins 7 sur l'échelle de Richter. Je me jette sur l'ordinateur, m'en empare, pose l'écran à terre puis me précipite à l'extérieur – je suis parvenu à ouvrir la porte qui était coincée et, comme j'ai retenu la leçon de ma petite voisine, je veille à la laisser ouverte. Ça tremble. Ça tremble encore… Les secousses se succèdent… La prochaine sera-t-elle aussi démentielle que celle que l'on a encaissée vers 15 heures ? Impossible de ne pas y penser. Cette seule perspective me terrifie. Les répliques d'un séisme sont épuisantes tant au plan physique qu'au plan moral. À chaque fois, je suis persuadé qu'une faille va s'ouvrir sous mes pieds et que je vais m'y engouffrer. Je m'imagine ainsi happé pour l'éternité. Cela crée une tension extrême et permanente…

Après avoir navigué durant une période assez longue et une fois revenu sur la terre ferme, sans doute l'avez-vous remarqué, vous êtes confronté à des pertes d'équilibre ou, à tout le moins, vous vous sentez peu assuré sur vos jambes : c'est exactement ce qu'il m'arrive, alors que je passe l'après-midi à entrer et sortir de la maison comme un marin ivre. C'est la cuisine que j'inspecte maintenant, alors que le sol feint d'avoir renoué avec cette immobilité qui devrait être la sienne en permanence. Il y a encore des éclats de verre disséminés un peu partout, des pots renversés dont le contenu – poivre, épices, condiments – flotte sur une mer d'huile d'olive, avec, ici et là, des taches de vinaigre et de sauces en tout genre, un peu à la Jackson Pollock. Quand vous vivez loin de vos racines, ce qui vous manque le plus, après les membres de votre famille et vos amis, c'est la cuisine de votre enfance. Et je ne sais pourquoi, à cet instant précis, une impression de lassitude pas très éloignée du désespoir m'envahit. Je m'apprête à refermer la porte lorsqu'une nouvelle secousse me projette en arrière. Au même moment, la sonnerie du téléphone dans le salon… Je réponds ? Je me précipite à nouveau à l'extérieur ? Persuadé qu'il s'agit de Keiko, mon épouse, et qu'elle est peut-être en difficulté à Yana Aizu où elle travaille, je choisis l'option la moins raisonnable qui consiste à décrocher le combiné :

« *Moshi moshi* », me fait Keiko, ce qui peut se traduire par « Allô ? ». Il y a de l'inquiétude dans sa voix. J'aimerais être en mesure de parler, de lui répondre, de la rassurer… Mais les sons restent coincés au fond de ma gorge. Je suis accroupi, adossé à un mur, et je reste tétanisé. Malgré le froid, je sens la sueur couler sur mon front et le long de ma nuque. Je ne pense plus. J'ai le regard perdu dans le vide…

Au Japon, le chauffage au fuel s'interrompt automatiquement en cas de tremblement de terre. Si je ne meurs pas avalé par les entrailles de la terre, c'est le froid qui va me faire rendre l'âme. Tout mon corps est parcouru de frissons, et je claque des dents. Je suis encore recroquevillé dans le salon quand Keiko arrive en fin d'après-midi.

« Ça va ? » me demande-t-elle.

Non, ça ne va pas. Je ne suis pas encore suffisamment japonais pour aller bien après les secousses que je viens d'encaisser. J'émets une sorte de borborygme et je reste prostré... Keiko caresse mon front, me sourit. Cette femme est le grand bonheur de ma vie depuis une dizaine d'années déjà. Elle enseignait la diététique dans une université de Tokyo quand j'ai fait sa connaissance. Un jour, on en a eu marre de la capitale. Keiko et moi, on avait envie d'air pur. Nous avons trouvé une jolie maison sur une colline, à 12 km du centre d'Aizu Wakamatsu et à dix minutes des pistes de ski du mont Bandai. Derrière chez nous vivent les Yamamoto, un couple âgé qui s'ennuie un peu depuis le départ du fils, ce qui me vaut d'être souvent invité à boire le thé. Nous avons encore pour voisins M. et Mme Wanatabe – elle est infirmière à l'hôpital général d'Aizu Wakamatsu – et la maman de Haruka-chan. Si je suis resté enseignant, Keiko, pour sa part, s'est orientée dans une nouvelle direction. Elle établit aujourd'hui les trois menus quotidiens des pensionnaires d'une maison de retraite située à une trentaine de kilomètres de chez nous, au nord-ouest. Voilà le contexte d'une vie paisible – celle que nous avons choisie, et qui nous convient à tous les deux puisqu'elle nous rend heureux.

« Tu es comme ça depuis combien de temps ? me demande Keiko. Viens, il faut bouger. Tu es tout froid. »

Je me redresse. Keiko entreprend déjà de remettre de l'ordre dans le salon dévasté. Je n'ai pas même le courage de l'aider et je la regarde s'affairer.

« Il y a eu un tsunami, poursuit-elle. Un tsunami terrible, dix minutes après le tremblement de terre... Je l'ai entendu aux infos en rentrant. On parle d'un millier de morts. Plusieurs villes auraient été rayées de la carte ! Tu te rends compte ? »

Non, je ne me rends pas compte. Pas encore…

J'allume la télé et je zappe jusqu'à ce que je trouve le canal de la NHK, premier groupe audiovisuel public japonais. J'apprends que ce séisme, 8,9 sur l'échelle de Richter, est le plus fort jamais enregistré au Japon. Sont diffusées en boucle des images tournées à Tokyo : je vois des immeubles trembler sur leurs fondations, des gens dans des bureaux qui tentent de garder leur équilibre, et d'autres, dans la rue, à quatre pattes sur l'asphalte, les traits déformés par la peur. Et puis, bientôt, celles d'une déferlante qui s'étire sur 400 km ; elle s'empare de la terre, se l'approprie, engloutit les villes et ceux qui y vivent – toutes les communes de la préfecture d'Iwate jusqu'à celle d'Iwaki ont été anéanties. La vague est aveugle et d'une puissance ravageuse qui dépasse l'entendement. Elle emporte les maisons, les voitures et les bateaux, les avions de l'aéroport de Sendai ; rien ne lui résiste, elle avance, elle tue, elle charrie et elle broie. Le mot « apocalypse » revient souvent dans les commentaires. Les images proviennent de caméras fixes, d'autres ont été prises depuis un hélicoptère. On ne voit donc pas de corps – de toute façon, en montrer à la télé n'est pas dans les mœurs japonaises. Le premier chiffre avancé, celui d'un millier de morts, ne paraît pas réaliste. Sans doute les autorités veulent-elles ménager la population.

Des répliques. Sans cesse des répliques. Nous sommes dans le salon, Keiko et moi, allongés tout habillés sous le *kotatsu*, une sorte de table basse chauffante. Nous ne l'utilisons plus car je n'aime pas prendre mes repas assis par terre ; les circonstances ont déterminé son nouvel usage. J'aimerais détendre l'atmosphère par quelque remarque sur ce goût des records très prononcé chez les Japonais : ils se veulent champions dans tous les domaines. Mais ce serait faire montre d'un mauvais goût très sûr, comme seuls les *gaijin* – les étrangers – en sont capables. Nous restons donc bouche bée, hypnotisés par les images qui défilent en boucle sur toutes les chaînes. Les téléphones portables ne fonctionnent plus, et c'est grâce à Internet que j'ai pu rassurer ceux, parmi mes proches, qui ne connaissaient pas ma localisation précise : je vis avec ma femme à une centaine de kilomètres des côtes, à l'est de la mer du Japon et à l'ouest de l'océan Pacifique. Il est 17 h 30, la nuit est tombée. Keiko et moi avons absorbé ce qu'un être humain peut ingérer d'infos nocives en l'espace d'une journée. Oui, l'impensable s'est produit aujourd'hui et nous y avons survécu. Mais le pire reste à venir. À 19 h 03, un porte-parole du gouvernement signale, en termes plutôt évasifs, des difficultés rencontrées à la centrale nucléaire de Fukushima.

2

Les infos : en avoir ou pas

Impossible de dormir, de se reposer, de trouver un moment de répit. Toutes les demi-heures environ et durant toute la nuit, une nouvelle secousse – magnitude 5 ou 6. C'est moins que ce que l'on a déjà essuyé, mais cela reste prodigieusement angoissant. Keiko et moi sommes hébétés quand apparaissent les premières lueurs du matin. Que va nous réserver cette journée du 12 mars ? Vite ! La télé, les infos... De nouvelles images du tsunami en boucle ; certaines ont été tournées par des habitants de ces villes englouties qui sont miraculeusement parvenus à trouver refuge sur un toit. En quelques instants, la carte du pays a été modifiée, comme en attestent les photos prises par satellite avant et après le tsunami. Encore une secousse... Pas très forte, mais un peu longue : j'ai le temps de compter jusqu'à onze alors que je maintiens l'écran de ma télé. Quelques témoignages recueillis auprès de survivants, et toujours des images de désolation qui défilent. Je passe la matinée devant la télé ; je suis abattu, je n'ai goût à rien. Pas envie de travailler. Je me traîne en attendant Keiko. Quand elle revient, en début d'après-midi, je la sens meurtrie au plus profond de son cœur et de son âme.

Elle est en deuil. Nous restons de longs moments sans échanger un mot.

Il est 15 h 36 quand le porte-parole du gouvernement annonce qu'une explosion vient de se produire dans le réacteur n° 1 de la centrale nucléaire de Fukushima-Daiichi. Fukushima, je vous l'ai dit, est à 100 km à vol d'oiseau d'Aizu Wakamatsu. Alors, n'étant pas un spécialiste de l'atome et partant du principe qu'il s'agit de l'une des plus grosses centrales de la planète, je m'attends à un éclair fulgurant suivi d'un souffle à même d'éradiquer toute vie humaine – lequel souffle va nous envoyer *ad patres*, Keiko et moi, j'en suis certain, c'est une affaire de secondes, peut-être moins. J'ai peur, je suis terrifié et étrangement calme à la fois. Je m'en suis sorti hier après-midi, mais là, je vais mourir… Et la douce Keiko aussi. Fin de la partie. *Game over*. Je prends la main de ma femme dans la mienne, je la serre. Elle ne dit rien, elle ne pleure pas. Elle me regarde avec tendresse puis fixe à nouveau l'écran. Toujours pas de souffle dévastateur… Contrairement à toute attente, ce n'est ni Hiroshima ni Nagasaki. Je n'ai plus toutes mes facultés pour gamberger aussi vite et bien que je le souhaiterais, mais je pense que si nous sommes encore vivants après l'explosion du réacteur, il subsiste une chance de survivre à cette journée du 12 mars qui s'annonce tout aussi périlleuse que la précédente – voire davantage. Qu'en est-il des radiations ? Quel est le degré de radioactivité dans l'atmosphère ? Peu d'informations circulent à ce sujet – je zappe frénétiquement. Je vous le dis franchement : dans l'attente d'un cataclysme nucléaire, il n'y a pas grand-chose d'autre à faire que regarder la télé. Je sais, c'est un peu désolant, mais c'est comme ça. De toute façon, il ne servirait à rien de s'agiter et de courir dans tous les sens. Confronté à pareille situation, vous êtes seulement en quête d'informations. Vous les souhaitez aussi rassurantes que possible, mais voilà, ces infos susceptibles de vous apaiser un tant soit peu, elles ne viennent pas. Alors, arrive le moment où, épuisé, vous finissez par vous assoupir…

Rien, ou peu de choses, ce matin du 13 mars, concernant la centrale. Pas d'informations précises, en tout cas. Je crois que le mieux est de m'organiser en attendant celles-ci. Je vais commencer par faire un plein d'essence et remplir un jerrycan. Je fonce vers la station la plus proche et, à ma grande surprise, aucune file d'attente devant les pompes. Le préposé remplit mon réservoir et me gratifie d'un sourire. Je crois que les Japonais n'ont pas encore mesuré la gravité de la situation ; j'ai le sentiment que tout a été fait pour qu'il en soit ainsi. Je roule en direction du supermarché. Là encore, aucune foule, aucune précipitation, et des rayons pleins à craquer où sont proposés les produits les plus variés. Je remplis ma voiture de nourriture – de quoi tenir trois semaines à un mois – et, comme le congélateur n'est pas assez grand pour tout contenir, je bourre le réfrigérateur avant d'entreposer l'excédent sous la terrasse. J'aperçois alors M. Yamamoto, mon voisin. C'est un homme de quatre-vingt-trois ans chauve et jovial, toujours prêt à rendre service. Son aide m'est précieuse pour l'élagage et la taille de mes arbres. Parfois, nous allons nous balader dans une forêt de bambous, et il me raconte quelle a été sa vie. Avant de prendre sa retraite, il était technicien dans une usine de papier à Tokyo ; sa femme exerçait le métier de couturière. Tout a tellement changé pour eux depuis le départ de leur grand garçon…

« Bonjour, monsieur Yamamoto. Vous êtes allé faire un plein, ce matin ? »

Il me regarde, interloqué :

« Non. J'aurais dû ?

– Je crois, oui. Vous devriez y aller maintenant. Et remplir un ou deux jerrycans par la même occasion… Puis aussi prendre de l'eau, des provisions, enfin tout ce dont vous pourriez avoir besoin pendant quelque temps. »

Mme Yamamoto me propose d'attendre en sa compagnie le retour de son mari. Devant une tasse de thé, évidemment. La situation l'inquiète. Elle se dit contente d'être encore en vie ; néanmoins, elle a un problème. Je me hasarde à la questionner à ce sujet.

« Eh bien, me répond-elle, avec toutes ces histoires, je ne vais pas pouvoir regarder mon feuilleton à la télé. »

Rire serait impoli. Nous sommes peut-être à l'aube d'une catastrophe majeure, mais Mme Yamamoto se soucie de rater le deux millième épisode de *La famille Koraku* – une version japonisante des *Feux de l'amour*.

« En effet, lui dis-je, c'est ennuyeux… »

Elle reste cependant pragmatique et fait cuire du riz en quantité, au cas où l'électricité viendrait à être coupée dans la journée. Monsieur Yamamoto revient bientôt, la mine réjouie.

« J'ai trouvé de l'essence, déclare-t-il, à peine franchi le seuil de sa porte.

– Et où as-tu remisé les jerrycans ? lui demande son épouse.

– Oh ! je ne les ai pas remplis. Aujourd'hui, le litre était plus cher de deux yens… »

J'appelle Keiko pour l'inviter, elle aussi, à remplir le réservoir de sa voiture. Être en mesure de se déplacer, voire de fuir, risque de se révéler vital d'ici à quelques jours. Nul ne sait comment va évoluer la situation. Et ce ne sont pas les informations distillées au compte-gouttes qui vont permettre à qui que ce soit de se forger une opinion. Il semble que les réacteurs 1, 2 et 3 ont été automatiquement arrêtés lors du séisme, mais que les systèmes de sécurité n'ont pas résisté au tsunami ; depuis, le refroidissement ne se fait plus, la puissance résiduelle du combustible fait baisser le niveau de l'eau dans les piscines, et la partie supérieure du bâtiment abritant le réacteur n° 1 a explosé. Le cœur du réacteur a-t-il été endommagé ? L'enceinte de confinement est-elle encore étanche ? Deux questions non dénuées d'intérêt, mais il se trouve qu'il n'y a personne pour y répondre.

Même s'il s'échappe une fumée blanche au-dessus de la centrale, aucune consigne particulière n'a été donnée à la population. Quant à celles qui sont en vigueur toute l'année, elles demeurent inchangées : ici, chaque habitant est censé, en prévision d'un séisme majeur, garder à portée de main et de préférence dans un sac à dos : un litre d'eau, des pansements, une couverture thermique, une lampe de poche et une radio. Il est permis de se demander pourquoi des dispositions particulières doivent être prises en prévision d'un séisme, alors que rien n'est prévu dans la perspective d'un accident nucléaire. La réponse est simple : chacun sait que ce type d'événement ne peut pas se produire au Japon. Alors que les tremblements de terre…

Contrairement à l'ensemble de la population, je n'ai pas le minimum requis pour faire face à un séisme d'envergure. Non pas que je sois d'une nature notoirement indisciplinée, mais comme beaucoup d'Occidentaux, j'ai toujours eu tendance à penser que les catastrophes sont réservées à autrui et que l'on y assiste confortablement installé dans un fauteuil, devant la télé. Je vis ici depuis des années, à moins de 100 km d'une centrale nucléaire, mais cela ne m'a jamais obsédé. J'ai toujours eu vaguement conscience du fait que cela pouvait me faire encourir un risque, et à chaque fois que celui-ci venait affleurer à ma conscience, je me plaisais à le considérer comme hautement improbable. J'ai toujours chassé l'accident éventuel de mon esprit – pour me rassurer ? En tout cas, aujourd'hui, j'ai peur. Je suis mort de trouille, pour tout vous dire. L'angoisse est là, omniprésente ; elle occupe tout mon espace de cerveau disponible et me vrille les intestins. Parce que si les télévisions japonaises se montrent rassurantes ou peu disertes, les médias étrangers, pour leur part, se révèlent des plus alarmistes. Surfer sur Internet m'a conduit au bord de la panique. Que faire ? Partir ? Pour aller où ? À tout hasard, j'appelle l'aéroport le plus proche, Niigata, en utilisant Skype – le téléphone ne fonctionne toujours pas. Une hôtesse m'indique qu'il n'y a aucune place disponible avant la fin du mois à destination de la Chine ou de la Corée. Pas de place non plus pour le Sud du Japon avant quatre jours. Il me faut trouver une autre solution. Un bateau à destination de la Russie ou de la Corée ? Quel est l'état des routes ? Aucune information à ce sujet non plus. Rien. J'estime préférable de me calfeutrer en attendant la prochaine explosion. Parce qu'il y aura une nouvelle explosion – tous les spécialistes autres que Japonais sont unanimes à ce sujet. C'est juste une question de temps. Mais allez isoler une maison traditionnelle construite au pays du Soleil Levant… C'est le palais des courants d'air. Et ce, afin de lutter contre l'humidité qui sévit en été : durant cette saison, tout a tendance à moisir.

Il y a une chose que je peux faire cependant face à cet ennemi aussi invisible que pervers. Accepter. M'en remettre au destin…

Comment dormir entre la crainte d'une nouvelle explosion et ces secousses, plus ou moins longues, plus ou moins fortes, qui succèdent les unes aux autres ? La seule source d'informations fiables, à condition de les croiser, c'est Internet. La Toile m'est devenue indispensable, c'est ici que je trouverai la voie du salut si Keiko et moi pouvons être sauvés. Je tape « centrale nucléaire de Fukushima », et un site rédigé en français me donne une idée générale de la situation. S'il n'est pas assez précis pour me rassurer tout à fait, je comprends cependant que, même dans le cadre d'une deuxième explosion, il ne se produira pas de phénomène comparable à celui d'Hiroshima ou de Nagasaki. C'est bon à savoir. Il y a chaque année des commémorations au Japon et, depuis deux jours, des images abominables me traversent l'esprit. Au fil de mes périples sur le Net, j'apprécierais de voir utilisées les mêmes unités de mesure : ici, les indications sont en microsieverts ; là, elle sont en rem. Les rem, je connais, parce que je fais parfois des mots croisés. Mais mes connaissances les concernant ne vont pas au-delà de la bonne orthographe – et encore, au singulier seulement. Ensuite, je m'y perds un peu… Encore une secousse. Magnitude 5 ou 6. Durée : 43 secondes. On se fait à tout. Mais pas à ça. Pourquoi l'ambassade américaine m'informe-t-elle sur les radiations en ayant recours au rem ? Je farfouille dans Wikipédia et explore une multitude de sites jusqu'à l'aube. Ensuite, je dévore les infos fournies par I Télé, Canal +, France 2 et BFM… J'ai une oreille collée à France Info et l'autre plaquée sur France Inter. Je suis avide. J'ai le sentiment que ma survie dépend d'une bonne ou d'une mauvaise information. C'est sur l'une ou l'autre que je vais fonder mes choix à venir. Rien ne doit m'échapper. C'est vraiment une question de vie ou de mort. Et puis, Internet me permet de rester au contact de mes proches, d'échanger avec ma fille à Paris. Sans cet outil, je crois que je serais déjà devenu dingue…

Aujourd'hui, 14 mars, je suis censé donner des cours de conversation à sept élèves – six femmes et un homme – amoureux de culture française. Je me saurais à l'abri des radiations chez moi, j'hésiterais à mettre le nez dehors. Mais ce n'est pas le cas. Alors, autant prendre la voiture et faire un tour en ville. Je franchis les 12 km qui m'en séparent à une allure modérée. Ici et là, la chaussée s'est affaissée, mais je parviens à passer. J'arrive bientôt dans le centre, sur l'artère principale baptisée Shinmei Dori, sans avoir rencontré trop de difficultés. Je gare ma voiture et me dirige vers l'immeuble de sept étages où siège l'Association internationale d'Aizu – celle-ci est au cinquième. Au rez-de-chaussée, une cafétéria Doutor, où je m'arrête une fois par semaine savourer un espresso ; partout ailleurs, on vous sert du « café américain », à savoir de l'eau chaude vaguement teintée de caféine – je ne vais cependant pas m'y attarder aujourd'hui. L'accès aux étages se fait, en période moins troublée, au moyen d'un escalator. Ce matin, l'utilisation en est interdite. J'enjambe néanmoins la chaîne, et une caméra vidéo a tôt fait d'aviser un gardien de mon forfait.

« *Sumisamen !* » me fait aussitôt un homme en bleu, les bras en croix pour me barrer le passage. Je remarque que ses gants sont d'un blanc immaculé.

« Je suis tout prêt à vous excuser, monsieur, lui dis-je dans le meilleur japonais dont je suis capable, à condition que vous m'indiquiez comment je pourrais me rendre au cinquième étage…

– *Dozo…* »

J'entreprends de le suivre à sa demande. Après quelques kilomètres de couloirs, il me désigne un escalier. Je le remercie en inclinant légèrement le buste :

« *Domo arigato* ! »

Au lieu d'emprunter l'escalier, j'opte pour l'ascenseur de service – je sais, c'est on ne peut plus imprudent, mais je n'avais pas envie de grimper les étages : petite paresse à mettre sur le compte des émotions multiples de ces deux derniers jours. La porte de l'ascenseur est sur le point de se refermer lorsque le cerbère se précipite. Vaine tentative. J'ai à peine le temps de voir combien il est agacé, et me voilà transporté au cinquième.

Deux personnes de l'association seulement sont présentes aujourd'hui. M. Kobayashi, son dirigeant, me salue invariablement en deux langues :

« Bonjour, Philippe-san. Ça va *desuka* ? »

Desuka est la forme interrogative du verbe être au présent de l'indicatif. Je lui réponds donc en ayant recours à la forme affirmative :

« Ça va *desu*. »

Une fois passées les formules de politesse, M. Kobayashi, qui ne semble pas se porter au mieux, m'explique que lors de la première secousse – la plus forte, celle qui a duré deux minutes –, une bibliothèque, et tous les livres qu'elle contenait, lui sont tombés sur l'épaule. Il change subitement de sujet :

« À propos, comment êtes-vous venu jusqu'à nous, Philippe-san ?

– En voiture d'abord. Ensuite, j'ai emprunté l'ascenseur…

– Le gardien ne vous en a pas empêché ?

– Il a essayé, mais il était déjà trop tard…

– Are you crazy ?

– You didn't know ? »

Parfois les échanges se font en anglais avant de revenir au japonais ou au français – dans ce domaine, M. Kobayashi est relativement imprévisible. Je lui promets, dans la langue qui est la sienne, d'utiliser les escaliers en partant.

« Philippe-san, les élèves ne sont pas venus aujourd'hui. Vous vous êtes déplacé pour rien...

– *Zannen !* »

Oui, tant pis. Enfin, cela n'a pas non plus une importance considérable, à l'aune des événements qui viennent de se dérouler ici et de ceux qui se profilent. D'autant que je vais en profiter pour aller rendre une petite visite à mon copain Jules, au sud de la ville.

En chemin, je m'arrête dans un magasin Yamaya, qui propose des produits alimentaires en provenance de l'étranger. J'achète toutes sortes de pâtes, des boîtes de tomates pelées, de haricots verts, de petits pois. Puis je m'attarde au rayon des boissons : j'opte pour un carton de six bouteilles de vin français, quatre packs de bière japonaise et un autre d'eau minérale. Arrivé à la caisse, je vois l'employé retirer l'une des six bouteilles d'eau de son emballage plastique ; et lorsque je lui en demande la raison, il m'explique :

« L'eau minérale est rationnée, monsieur. Cinq litres maximum par personne... »

La bière et le vin, pas de problème : je pourrais partir avec le stock, il n'y verrait pas le moindre inconvénient. Mais il se trouve qu'après avoir arrêté de fumer, j'ai aussi arrêté de boire, bien décidé à ne déroger à la règle que je me suis fixée qu'en de très rares occasions. J'ignore pour quelle raison, ces derniers temps, je me suis mis dans la tête qu'il est temps de « faire attention », de veiller à rester en bonne santé – je crois que j'ai envie de vivre encore longtemps, voilà tout. Mais à quoi bon cesser de boire et de fumer après ce qu'il vient de se passer ? Si ça se trouve, en ce moment même, je suis en train d'inhaler du césium 137 ou je ne sais quelle autre émanation nocive en provenance de la centrale de Fukushima. Je préfère ne pas y penser. Je charge mes achats dans la voiture et je file chez Jules.

Jules est un surnom ; en fait, mon copain s'appelle Julian et c'est un sujet de Sa Gracieuse Majesté. Qu'il porte, l'hiver venu, une veste de tweed coupée dans les années soixante ou, l'été, son éternel short beige élégamment assorti d'un T-shirt aux couleurs criardes, il est toujours affublé d'un chapeau un peu ridicule qu'il a dû emprunter à Marcel Zanini. Je m'interroge sur la façon dont le très fameux flegme britannique est en mesure de s'adapter à la perspective d'une catastrophe nucléaire. Qui, mieux que Jules, serait en mesure de répondre à cette question ? Je ne vois pas. Il vient de faire construire une maison en ayant exclusivement recours à des matériaux naturels. Elle est en outre équipée d'extracteurs d'air, de filtres en tout genre, de panneaux solaires, etc : un parfait délire écolo. Sous son toit vivent également son épouse, Junko, qui enseigne l'anglais – une femme délicieuse ou un mur, cela dépend des jours ; je crois qu'elle est en fait d'une timidité excessive – et leur petit garçon, Tayio-kun, dix ans et bilingue. Julian a deux passions : la cuisine et le jardinage. Celle de Junko consiste à tout laisser traîner dans la maison ; Tayio, pour sa part, collectionne les bestioles qui ont le malheur d'avoir élu domicile dans son jardin : grenouilles, sauterelles, scolopendres, etc.

Julian et moi avons convenu de tirer un trait définitif sur la guerre de Cent Ans, dans la mesure où nos affinités sont nombreuses. Lui rendre visite, en outre, c'est m'offrir une brève parenthèse en Grande-Bretagne sans avoir à prendre l'avion. Je sonne. C'est Tayio-kun qui m'ouvre alors que se profile derrière lui la silhouette de son père qui me lance un « *Hhhello* ! » des plus sonores.

« Le café est prêt, me dit Julian, tu tombes bien. Il y a aussi des *short breads* que je viens de faire griller. Entre… »

Tout est en ordre. Normal, Junko est partie travailler…

« Pas de casse ? je demande à Julian.

– Non, pas grand-chose, me répond-il. Des bocaux dans le cellier, c'est tout. Il y a du riz, des haricots et des lentilles un peu partout… Va falloir que je trie tout ça quand j'aurai un peu de temps.

– Grain par grain ?

– Non, par famille.

– Tu as raison, cela va te faire gagner un temps précieux… »

Nous échangeons les impressions qui sont les nôtres quant aux événements de ces derniers jours. Celle qui prédomine est que nous manquons cruellement d'informations. En outre, l'ambassade de Julian ne se montre guère optimiste quant à une éventuelle maîtrise de la situation de la part de nos amis japonais.

« Tu envisages de partir, si cela se détériore ?

– Junko n'acceptera jamais. D'abord, parce qu'elle est d'ici ; ensuite, parce qu'elle n'a pas du tout conscience de ce qui est en train de se passer…

– Je crois que je risque d'être confronté à une situation similaire avec Keiko…

– Tu as pensé partir, toi aussi ?

– J'y ai pensé, évidemment. Mais pas sans elle… Je ne veux pas non plus exclure tout à fait l'hypothèse d'un retour en France si cette fichue centrale continue de partir en vrille… »

Nous essayons de passer en revue les points susceptibles de nous rassurer et n'en recensons guère. Julian et moi avons la certitude que Tepco, l'opérateur de la centrale, ne contrôle plus rien, et que le gouvernement fait de son mieux pour éviter la panique. Nous nous séparons après avoir convenu d'échanger les informations que nous pourrions recueillir auprès de nos ambassades respectives.

« On reste en contact…

– Yes, Skype ou Facebook. On n'a plus trop le choix. »

Je ne suis pas très loin de chez mon amie Miyako, une jeune fille qui, elle aussi, approche de la soixantaine – elle vit cependant toujours chez ses parents. Miyako est institutrice dans une école maternelle. Quand j'arrive chez elle, le macadam est éventré, et des canalisations explosées s'échappe une odeur pestilentielle. Le mur d'enceinte de son jardin est fendu par endroits et, par la porte grande ouverte, je vois que le carrelage de l'entrée a mal supporté les secousses. J'appelle :

« *Ojama shimasu ?* »

Pas de réponse. Je vois apparaître Miyako quelques instants plus tard, excitée comme à son habitude, affublée d'un pantalon de velours à grosses côtes et d'un pull-over que sa mère lui a tricoté quand elle avait encore de bons yeux. La brave femme a quatre-vingt-cinq ans aujourd'hui et elle a dû renoncer à son hobby.

« Ça va Miyako ? Et tes parents ?

– Oui, ça va, ça va… Entre. »

La mère de Miyako est assise sous le *kotatsu* aux côtés de son mari. Il fait froid. Alors, il a enfilé un bonnet de laine et, comme il est un peu sourd et qu'il regarde la télé, il a passé un casque audio par dessus. La scène est pour le moins incongrue. Difficile de ne pas rire. Mais ce ne serait pas d'actualité : leur vieille maison est en bois et elle a beaucoup souffert.

« Tu veux déjeuner avec nous ? » me propose Miyako.

Je sais que mon amie est incapable de réchauffer le contenu d'une boîte de conserve et que si je viens à accepter, c'est sa mère qui se mettra aux fourneaux. Autant lui épargner cet effort. Je fais un rapide tour d'horizon de la pièce principale. C'est simple : tout ce qui était accroché aux murs, posé sur un meuble ou une étagère jonche maintenant le sol.

J'aime bien le père de Miyako. Malgré son âge, c'est un cavaleur de première et il est fou amoureux d'une chanteuse de *enka* – la chanson traditionnelle japonaise. Il assiste à la plupart de ses concerts et la suit à travers tout le pays. Après chacune de ses escapades, il rentre au bercail, et sa femme ne lui adresse alors pas le moindre grief. Un jour où il se trouvait à l'hôpital pour une raison que je n'ai pas gardée en mémoire, je lui ai apporté une photo de sa femme et de ses trois filles. Un montage discret avait fait apparaître la chanteuse de enka dans un cadre accroché au mur, en arrière-plan. Il était tellement content qu'il ne cessait de me remercier et d'embrasser la photo.

J'accepte de boire un thé, et c'est hélas Miyako qui le prépare : dans ma tasse, il y a à boire et à manger. On parle de la casse, de ce qui est perdu à tout jamais ; en revanche, mes amis japonais ne semblent pas le moins du monde préoccupés des événements survenus à la centrale de Fukushima. Après quoi, on fait le tour du jardin. Par endroits, le terrain s'est affaissé, comme aplati par la main d'un colosse mal intentionné. Les voisins sont dehors eux aussi. Ils recensent encore et encore les dégâts matériels. Les Japonais, dans leur grande majorité, n'assurent pas leurs biens. En fait, ils n'y accordent guère d'importance et préfèrent placer leur argent dans des assurances-vie. C'est en outre un pays où on ne répare pas : on jette au moindre dysfonctionnement et on remplace. Quand j'étais à Tokyo, l'un de mes étudiants avait jeté son vélo parce qu'un pneu était dégonflé. C'est ainsi que des bateaux entiers de vélos un peu abîmés, de radios ou d'appareils ménagers à peine usagés partent vers l'Afrique ; les voitures et les 4 x 4 d'occasion, pour leur part, sont expédiés en Inde et en Russie. Il n'y a pas de place au Japon pour stocker, entreposer, garder. Et il faut consommer, consommer et consommer encore, afin de faire tourner la machine. Je pense néanmoins qu'à la suite de cette catastrophe, l'argent va manquer dans les foyers. Et qu'ici comme ailleurs, il va falloir apprendre à user jusqu'à la corde ce qui nous appartient. Et à recycler ensuite…

Je quitte mes hôtes en leur répétant combien j'ai apprécié leur compagnie et le thé qui m'a été servi, remonte à bord de ma voiture et prends la direction de ma colline. Toujours pas de file devant les pompes à essence… Après avoir déchargé mes provisions, je me remets devant l'un ou l'autre de mes écrans, toujours en quête d'infos sur le nucléaire en général et la centrale de Fukushima en particulier. J'apprends qu'à 11 h 15, alors que j'étais en train de deviser paisiblement avec mes amis, une explosion est survenue dans le réacteur n° 3, endommageant la piscine où est immergé le combustible usé. Selon toute logique, l'eau ne devrait pas tarder à y bouillonner. Avant de s'évaporer…

15 mars. Début d'après-midi morose. Le téléphone sonne. C'est France 2 qui souhaite m'interviewer en direct. M'interviewer ? Ah oui… Lorsque l'ambassade de France m'a appelé pour s'enquérir de ma santé après le séisme, mon interlocuteur m'a demandé si j'accepterais de répondre aux questions d'une grande chaîne nationale. Je lui ai bien évidemment répondu par l'affirmative.

« Monsieur Nibelle ?

– Oui.

– Ici la rédaction de France 2, nous aimerions vous interviewer via Skype sur les événements. Et notamment ceux de ce matin. Vous savez qu'il y a eu deux nouvelles explosions à la centrale de Fukushima…

– Oui, les réacteurs 2 et 4. Le premier à 6h14 et le second à 8h54…

– Bien. On va démarrer l'interview. Débranchez-vous de Skype et rebranchez-vous avec notre pseudo…

– Comment dois-je faire ?

– Attendez, je cherche. Ah, voilà… Vous cliquez sur “déconnecter”, puis vous vous connectez à nouveau, vous tapez notre pseudo puis notre mot de passe – je vous les donne. C'est fait ? Ensuite, vous cliquez sur JTV et “appel”. On va vous voir et on pourra enregistrer. Allô, vous m'entendez ?

– Oui, pas de problème…

– On vous entend mal, vous êtes trop près de votre micro, ou trop loin, je ne sais pas. Voilà. Vous pouvez descendre un peu votre caméra ? »

Survient une secousse, magnitude 3, et la caméra bascule.

« Non, monsieur Nibelle, pas autant que ça… On ne vous voit plus. Monsieur Nibelle ?

– Je suis là, je suis là…

– On ne vous entend plus. Bon, on vous rappelle… »

C'est comme ça que j'ai fait mes débuts à la télé. Dans ma vie, il m'a été donné d'exercer pas mal de métiers, mais je ne m'étais encore jamais retrouvé dans la peau d'un correspondant. Ce n'est pas si facile que ça. Il faut s'organiser, acquérir quelques réflexes, faire preuve d'une grande vigilance et de beaucoup de disponibilité. J'ai donc donné cette interview à France 2, et je crois que j'ai dû recevoir dans la foulée les demandes quasi-simultanées de France Info, France Inter, I Télé, bientôt suivies de celles formulées par Canal + et BFM. Les Suisses de la TSR n'ont pas tardé à se manifester, puis cela a été au tour de Paris Match de me solliciter. Les Belges, pour leur part, ont un peu traîné : ils ont d'abord appelé un homonyme trouvé sur Facebook.

Cela faisait beaucoup de monde à satisfaire. Et compte tenu du décalage horaire, GMT +8, mes nuits se sont trouvées considérablement raccourcies. D'autant que l'actualité ne m'a pas laissé beaucoup de répit…

3

Partir, c'est mourir un peu…
Rester, c'est mourir beaucoup ?

Je vis maintenant avec la peur comme une seconde peau. Je l'enfile le matin au réveil – quand il m'a été donné de dormir. Chaque heure qui passe, chaque jour, chaque nuit, nous sommes secoués à deux ou trois reprises ; je ne parle que des répliques supérieures à 3 sur l'échelle de Richter, bien évidemment. Comptez : cela fait, en moyenne, cinquante à soixante-dix répliques par tranche de vingt-quatre heures. C'est épuisant. Tout traîne par terre. À quoi bon ranger ? Dans quelques minutes, il faudra recommencer. Keiko et moi, on vit donc dans un véritable capharnaüm. Comme il fait froid, nous dormons sous la table basse chauffante. Quel jour sommes-nous ? Ah, oui… Le 16 mars. Ma notion du temps n'est plus tout à fait en prise avec le réel. D'autant que je me cale maintenant sur les créneaux horaires de mes interventions à la télé. Même si Keiko a un oncle ingénieur à la centrale de Fukushima, je n'ai pas la prétention de savoir mieux que quiconque ce qu'il se passe là-bas. Mitsunori Hashiyada, tel est son nom, ne nous a adressé qu'un mail depuis la première explosion – il souhaitait nous rassurer, mais n'est pas entré dans les détails techniques pour autant. Donc je livre quotidiennement des informations sur les effets des restrictions qui commencent à se faire sentir – pour ce qui concerne l'essence notamment, le manque d'eau et de nourriture dans les rayons des supermarchés –, les explications plus ou moins crédibles dispensées par les autorités… Et je fais part de mon ressenti. Oui, j'ai la trouille. Bien sûr. De toute façon, je souhaiterais le cacher, je n'y parviendrais pas. Quelle honte à cela ? Oui, je pense à Mitsunori Hashiyada, quarante-huit ans, père de trois enfants, qui est en train de laisser sa peau quelque part dans le ventre de la centrale après avoir embrassé sa femme, sans doute pour la dernière fois. Non, tout cela n'aide pas à aller bien. Curieusement, je parviens néanmoins à oublier un peu le poids de ces événements lorsque je les relate à des millions d'individus. Le fait de dire les choses, de les partager, sans doute…

Il est 7 heures du matin. Keiko a trouvé le sommeil quand l'aube n'était plus très loin. Dehors, il fait moins cinq. Et il continue de neiger. L'un de mes premiers réflexes, après avoir allumé mon ordinateur, c'est maintenant d'aller voir dans quelle direction souffle le vent. À ce jour, il est orienté de telle façon que les particules radioactives soulevées par le nuage s'éloignent en direction du Pacifique. En cette saison, il n'a aucune raison de tourner et, si j'en crois les autorités d'Aizu Wakamatsu, la radioactivité y reste très basse, environ 0,03 microsievert. Ce sont les habitants de Tokyo, à 320 km d'ici, qui voient le taux grimper un peu plus chaque jour au-dessus de la capitale. Pour tout arranger, la météo annonce de la pluie: elle aura pour effet de rabattre les particules sur la ville et ses habitants. J'avale un café. À la télé, un représentant de Tepco nous explique le pourquoi du comment de l'explosion survenue dans l'enceinte du réacteur n° 1. Cela fait longtemps que je ne prête plus qu'une oreille distraite aux propos convenus des dirigeants de la société qui exploite la centrale. Pas plus qu'à ceux du porte-parole du gouvernement, M. Yukio Edano. Pourquoi se présente-t-il face aux caméras arborant un bleu de travail flambant neuf passé à la hâte sur son costume? Il a l'air engoncé et a beau expliquer que la situation n'est pas catastrophique, je trouve, pour ma part, sa voix un rien chevrotante. Si sa diatribe se veut rassurante, le timbre de sa voix ne l'est pas. D'ici, j'ai le sentiment que tout ce qui est entrepris reste vain. Que nul ne maîtrise la situation. Et que les conséquences de tout cela restent imprévisibles à l'échelon mondial.

« J'en suis à mon septembre, elle en est à son mai », chantait Claude Nougaro. Si Keiko en est à son mai, je dois me situer au début du mois d'octobre de ma vie. Vingt ans nous séparent. Elle est originaire de la préfecture de Fukushima, et je l'ai connue à Tokyo, alors que je donnais des cours de conversation française, le soir et deux fois par semaine, à vingt-trois femmes et deux hommes, entre trente et quarante ans, tous épris de la France, de sa cuisine, de ses chansons et de ses films en noir et blanc. Deux ans passés à converser et échanger des idées rapprochent les individus, quelles que soient leurs origines. On se découvre forcément des affinités avec les uns ou avec les autres. C'est ainsi que j'ai appris à connaître Keiko. Elle adore la mélodie de la langue française, même s'il manque quelques notes à la partition. En effet, son oreille de parvient pas à différencier le « r » du « l ». Il en va de même pour le « v » et le « b », la prononciation du « e » et celle du « u ». C'est un peu comme notre oreille qui n'entend pas le « h ». Mais si dans un restaurant, par exemple, vous commandez des « *hebi* » alors que vous souhaitez consommer des « *ebi* », vous risquez de vous retrouver avec du serpent dans votre assiette en lieu et place de crevettes.

Keiko et moi nous sommes retrouvés par le plus grand hasard inscrits dans la même école de poterie. Nous nous y rendions chaque dimanche, et c'est ainsi que la vie a continué de nous rapprocher. Cette femme est douce, gentille, gracieuse et facile à vivre. Alors que j'ai toujours goûté la solitude durant la journée – je ne suis pas en si mauvaise compagnie lorsque je me retrouve face à moi-même –, il me tarde, depuis le début de ces événements, de la voir revenir chaque soir. Je passe mes journées dans l'angoisse, je ne vois plus grand monde dans la mesure où je m'aventure de moins en moins à l'extérieur : je veux conserver l'essence qui est dans le réservoir de ma voiture. Lorsque Keiko regagne la maison, nous nous efforçons d'appréhender à leur juste mesure les risques encourus, nous commentons les difficultés rencontrées par ces cent quatre-vingts techniciens en passe de devenir des « héros de l'atome », dont le frère de sa mère fait partie. Curieusement, il n'échange plus qu'avec Keiko ; il doit y avoir une logique à cela, j'ignore laquelle cependant. Je sais que ses mails sont rares et qu'ils se veulent toujours réconfortants. Cependant, nous avons tellement conscience du fait qu'il est en train de se sacrifier que nous ne pouvons lire les quelques lignes qu'il rédige, toujours à destination de mon épouse et hâtivement à l'évidence, sans avoir les yeux emplis de larmes.

J'ai, je ne sais pourquoi, la certitude de mieux évaluer le danger que ma femme, d'être capable de le cerner avec davantage de précision qu'elle n'est en mesure de le faire. Peut-être parce que je passe des heures et des heures sur le Net, parce que j'échange avec des journalistes français ou le spécialiste des questions scientifiques appointé par I Télé, Michel Chevalet. Oui, j'ai le temps de penser et de réfléchir à tout cela, alors que Keiko est accaparée par les vieillards de la maison de retraite qui l'emploie. Volontairement ou non, je lui transmets cependant mes craintes. Et ce soir, à peine arrivée, alors qu'elle n'a pas même fini d'enlever son manteau, la voilà qui me tend une enveloppe. Une enveloppe blanche, sans la moindre mention. Je suis étonné et lui demande de quoi il s'agit :

« *Nan desuka ?*

– *Akete*… »

Je prends un couteau sur la table de la salle à manger et l'ouvre, comme elle vient de m'y inviter. J'en sors un document et, instantanément, mes yeux se posent sur une ligne au milieu du texte rédigé en japonais : je comprends avant même de l'avoir lue qu'il s'agit d'une réservation sur un vol Air France.

Une réservation pour moi seul…
AF 277 2011/03/21 TYO/SEOUL/PARIS CDG
« Pourquoi ? demandé-je à Keiko.
– Ta fille s'inquiète, ta famille s'inquiète…
– Tu viens avec moi, bien sûr…
– Non, je reste. J'ai ma famille et mes malades.
– Pas question ! Je ne pars pas sans toi…
– Pense à Chloé et à ta famille…
– Je vais réfléchir. »

C'est tempête sous un crâne. Oui, j'ai envie de partir. De me tirer d'ici. Marre de ces secousses incessantes, elles m'épuisent – au moins cinq cents depuis le 11 mars à 13 h 46 –, marre de me sentir vulnérable, d'être à moins d'une heure d'une centrale qui, faute de nous transformer en chaleur et en lumière, va peut-être nous assassiner sur un mode encore plus pervers, parce que silencieux. 100 millisieverts, c'est ce que peut encaisser le corps humain en un an. Après, il déclenche un cancer. C'est automatique. Certes, on n'en est pas là. Mais qui peut me dire avec précision ce qu'il va advenir durant les jours, les semaines et les mois à venir ? Je n'ai pas spécialement envie de crever d'un cancer. Ni de quoi que ce soit, d'ailleurs – je vous l'ai dit, j'ai l'intention de vivre vieux parce que, depuis un certain nombre d'années maintenant, je suis un homme heureux. Il faut que j'appelle Chloé, que je lui parle. J'ai une décision à prendre et je n'ai pas le droit de la prendre sans m'être entretenu avec ma fille, mon autre grand amour.

Bien sûr, elle veut me donner le change. Bien sûr, elle me laisse le choix. Bien sûr, elle a envie de pleurer. Je la sens qui fait tout ce qui est en son pouvoir pour contenir ses larmes. Je suis déchiré. Je suis certain qu'une petite voix lui intime de me dire ces quelques mots qu'elle n'ose pas prononcer: « Papa, rentre! » Je les perçois, ces mots, mais je choisis de faire comme si je ne les avais pas entendus :

« Chloé, lui dis-je, je ne vais pas rentrer. Je te demande pardon pour cette décision que je viens de prendre. Oui, pardonne-moi. Je t'aime... »

Et je raccroche.

Les membres de ma famille, sans exception, ont une réaction similaire à celle de Chloé. Il faut dire que je suis grand maintenant; j'arrive à un âge où chacun est *a priori* capable de faire ses choix et de les assumer.

Je rejoins Keiko dans le salon et m'assieds auprès d'elle.

« J'ai demandé à mes parents, me dit-elle, de garder de l'essence pour te conduire à l'aéroport. Ma mère m'a conseillé de partir avec toi, et je lui ai répondu que je ne voulais pas. À cause d'elle et aussi à cause de mes patients. Elle m'a répondu que c'était ma vie et que je n'avais pas à m'occuper d'elle...

– Keiko, je reste... »

Elle ne me répond pas. Rien. Pas un mot. Pas une expression, pas un trait de son visage ne bouge, pas le moindre haussement de sourcil à même de me donner une indication, de me suggérer ce qu'il se passe dans sa tête au moment où je prononce ces mots. Je crois que je ne le saurai jamais.

Cette décision de rester, je l'évoque lors d'une interview sur France 2 ou I Télé, je ne sais plus. Je craque en direct. Je n'ai ni le temps ni la force de dire « au revoir » à tous ceux que j'aime. « Adieu » serait d'ailleurs plus approprié…

Keiko et moi passons une bonne partie de la soirée à évoquer le choix que j'ai fait, à en analyser les raisons profondes. Il me vient à l'esprit que depuis un certain temps, et contrairement à son habitude, alors que je m'entretiens sur Skype avec l'un ou l'autre de mes proches, elle ne passe plus faire une apparition face à la caméra – juste le temps d'adresser un « Hello ! » accompagné de son si joli sourire. D'ailleurs, depuis une semaine, mes interlocuteurs me demandent souvent où est Keiko. Je leur réponds la plupart du temps qu'elle est à son travail, ce qui est vrai. Mais durant le week-end, par exemple, elle est avec moi et c'est comme si elle souhaitait se soustraire au regard d'autrui. Je lui demande les raisons de ce « *kokoro* » – le *kokoro*, en japonais, c'est l'âme, mais aussi le silence, le non-dit, ce que l'on cache…

Et elle me répond :

« J'ai honte. »

Les bras m'en tombent, j'ai les jambes qui tremblent et cette fois la terre n'y est pour rien. Je lui demande de s'asseoir et de m'expliquer :

« Honte ? Mais de quoi as-tu honte ? Dis-moi, je veux comprendre…

– Si Chloé et ta famille ont peur, c'est ma faute. C'est à cause de moi…

– Comment ça ?
– Oui, si tu es au Japon, c'est parce que je suis là. »
Nous avons parlé toute la nuit. Et aujourd'hui, avec le recul, je me demande si elle ne serait pas allée jusqu'à disparaître pour me libérer.
Rien ne me fera partir d'ici sans Keiko…

Au fil de nos conversations, je parviens à convaincre ma femme qu'il nous faudra quitter le Japon en cas d'absolue nécessité, que le sens du devoir et celui du sacrifice doivent avoir des limites et qu'il nous appartient de les fixer – ce concept ne lui est pas familier. Puis je retourne derrière l'écran de mon ordinateur : je consacre chaque jour beaucoup de temps à mes activités de correspondant. Cela m'occupe l'esprit. Durant ces moments où je réponds aux questions des chaînes – j'ai affaire à des gens sympathiques qui, avant de m'interviewer, m'assurent toujours de leur soutien –, je parviens à faire abstraction de ma situation et de cette menace dont je pense de plus en plus au fil des jours qu'elle est monstrueuse. En sortant de mon bureau où je m'étais isolé, je trouve dans l'entrée deux sacs isothermes ; le premier contient six bouteilles d'eau minérale, le second des victuailles en tout genre… Dans la chambre, l'énorme valise de Keiko ouverte sur le lit. Je lui demande sur le ton de la plaisanterie :
« Tu me quittes ?
– Non, mais s'il faut absolument partir, autant que tout soit prêt… »
Avec le sens pratique qui la caractérise, Keiko me suggère de glisser dans un sac mon passeport, mon

téléphone portable et une caméra – sans oublier leur chargeur –, ainsi qu'une bouteille d'eau, une lampe de poche, une paire de chaussettes, un caleçon, un T-shirt et deux mille euros.

« Maintenant, me dit-elle, où que tu ailles, tu gardes ça avec toi… »

Le lendemain matin, alors qu'elle s'apprête à partir travailler, je remarque qu'elle arbore quatre colliers autour du cou et je lui demande si c'est Noël. Elle esquisse un sourire sans me répondre. Je comprends alors qu'elle préfère les avoir autour du cou si l'urgence d'un départ venait à subitement se déclarer. Je crois qu'elle commence à prendre conscience du fait que les jours à venir n'augurent rien de bon en ce qui concerne la situation à la centrale. Je lui demande si elle a reçu des informations particulières de son oncle Mitsunori, que toute la famille surnomme « Michan », tant sa nature était douce et calme lorsqu'il était enfant. Keiko m'affirme que non. Je trouve néanmoins son revirement aussi subit qu'inattendu. Je n'insiste pas. Parfois, je n'ai plus accès à son âme. Et je l'accompagne jusqu'à la voiture non sans l'avoir embrassée dans la maison. Au Japon, on n'échange pas de baiser dans la rue. Que penseraient M. et Mme Yamamoto s'ils venaient à nous surprendre ?

4

Ce n'est pas parce que vous êtes paranoïaque que vous n'êtes pas en danger

Les nouvelles du matin: la zone d'évacuation a été portée à un rayon de 30 km autour de la centrale; l'ambassade américaine, pour sa part, demande à ses ressortissants de s'en écarter encore davantage: 80 km lui semblent être une distance plus adéquate pour assurer leur sécurité. Voilà qui illustre parfaitement le décalage entre les Japonais et les Occidentaux pour ce qui concerne leur approche des risques d'une part et, d'autre part, le discours des uns et des autres depuis le premier jour de la catastrophe. À la télé, défilent non-stop les images des hélicoptères larguant des tonnes d'eau au-dessus de la centrale. Inutile d'être un spécialiste du nucléaire pour prendre conscience du fait que tant d'efforts seront vains: pour éviter d'être irradiés, les pilotes restent en stationnaire à une altitude trop élevée, tant et si bien que le liquide largué, quelle que soit sa quantité, se disperse avant d'avoir atteint sa cible. Vingt-trois personnes ont été blessées à la suite des différentes explosions, une vingtaine d'autres ont été contaminées et deux sont portées disparues. Même si la radioactivité reste par chez nous de 0,53 microsievert, si j'en crois les infos, j'ai connu des débuts de journée aux perspectives plus enthousiasmantes que celles qui me sont proposées aujourd'hui. Je trouve sur le pas de ma porte une miche de pain que Mme Yamamoto y a aimablement déposée; dehors, il fait toujours aussi froid et la neige continue de tomber. Mes arbres sont rabougris, aucun bourgeon ne semble vouloir sortir cette année, et l'horizon se limite à l'extrémité de mon jardin. Je ne vois guère qu'une tasse de café suivie d'une douche pour me réconcilier avec la vie. Je ne vais pas m'y éterniser cependant… L'autre jour, je me suis retrouvé nu comme un ver, agrippé au porte-serviette en attendant la fin d'une secousse: je n'allais pas sortir de la maison par moins cinq degrés dans cette tenue et, aujourd'hui, je n'ai pas la moindre envie de me retrouver dans une situation identique.

Cela se produit rarement, mais il m'arrive encore de dispenser des cours de français à mon domicile. Il m'est complètement sorti de la tête que je dois en donner un à Naomi aujourd'hui – heureusement, elle me passe un coup de fil pour me confirmer sa venue. Ses parents exploitent un grand domaine agricole à une trentaine de kilomètres d'ici et, compte tenu de leur activité, ils disposent d'une énorme citerne d'essence. Sans sous-estimer la qualité et l'intérêt de mon enseignement, je me dis que c'est néanmoins la raison pour laquelle Naomi n'hésite pas à faire un aller-retour jusqu'ici en cette période de pénurie annoncée. C'est une femme jeune qui n'a pas encore atteint la trentaine, parfaitement bilingue: elle maîtrise aussi bien l'anglais que le japonais. Néanmoins, c'est à partir de l'anglais que je lui enseigne le français, la tâche en est ainsi simplifiée pour chacun d'entre nous. Nos échanges sont assez rudimentaires – Naomi manque encore de vocabulaire dans notre langue. En revanche, elle comprend tout ce que je peux lui dire. Outre la passion légitime qu'elle nourrit à l'égard de notre beau pays, Naomi, qui est employée par l'agence de voyages de la gare d'Aizu, pense que ses efforts l'aideront à évoluer dans le secteur d'activité qu'elle a choisi. J'entends une voiture qui s'immobilise devant la maison, et bientôt un coup de sonnette. J'ouvre et la salue :

« *Ohayo gozaimasu*, lui dis-je.

– Bonjour, ça va ? » me demande-t-elle.

À chaque fois, je l'entends prononcer « *saba* » – ce qui signifie « maquereau » en japonais.

« Oui, merci Naomi. Entre... »

Elle enlève son manteau et je l'invite à s'asseoir. Je dégage quelques dossiers qui encombrent ma table de travail et les dispose à même le sol, avec les autres – ceux que Naomi est contrainte d'enjamber pour venir prendre place face à moi.

« Excuse-moi de te recevoir dans un tel bazar, mais en ce moment... »

Ce à quoi elle me répond :

« *Korondemo tada dewa okinai.* »

Il s'agit d'un dicton japonais qui peut se traduire ainsi : « Lorsque l'on tombe, on finit toujours par se redresser. » C'est une façon de voir les choses, en effet, et je souhaite qu'elle repose sur quelque fondement. La leçon de français peut commencer :

« Dis-moi, Naomi, où te trouvais-tu pendant le tremblement de terre ?

– J'étais à l'agence, me répond-elle, en train de vendre un séjour à une dame âgée quand le sol a commencé à trembler…

– Et alors ? Raconte-moi ce qu'il s'est passé…

– Mes collègues et moi avons pensé que c'était l'une de ces secousses comme il y en a environ dix fois par an à Aizu, qu'elle serait brève et peu violente. Mais la secousse n'en finissait pas. Tout volait autour de nous : les brochures, les catalogues, les tiroirs… On entendait le bruit du verre qui se brisait, il ne restait plus rien sur le comptoir. Une de mes collègues a eu la présence d'esprit de couper le chauffage d'appoint électrique pour éviter un incendie, et une autre a eu le réflexe d'appuyer sur le bouton d'ouverture des portes automatiques, ce qui a permis à tout le monde de sortir…

– Et une fois dehors ? Raconte-moi…

– On grelottait. Nous étions en uniforme : jupe grise, chemisier rose et chaussures à talons. Il neigeait et bien sûr nous étions sorties sans manteau. L'enseigne de l'agence se balançait dangereusement, deux baies vitrées étaient réduites en morceaux, et les voitures sur le parking de la gare sautaient comme des puces…

– Ensuite ?

– Ensuite, un employé des chemins de fer a fait une annonce au micro : il a invité tous les voyageurs à quitter la gare calmement et à rentrer chez eux. Ceux qui, tout au moins, étaient d'Aizu. Aux autres, il a demandé de patienter dehors en attendant de nouvelles instructions.

– Tes collègues et toi, qu'avez-vous fait une fois passée la première secousse ?

– Nous sommes allées récupérer nos effets personnels au vestiaire, puis on a essayé de trouver les feuilles de route au milieu de toute cette paperasse, pour savoir où se trouvaient nos clients. On a récupéré l'argent qui se trouvait dans la caisse aussi...

– Tu as pu joindre ta famille ?

– Oui, Softbank, qui distribue l'iPhone, a été la seule compagnie en mesure d'assurer les communications, il n'y a pas eu d'interruption. Il se trouve que j'ai un iPhone et j'ai donc pu parler avec ma mère. Puis j'ai prêté mon téléphone. Les deux directeurs de l'agence – l'un est de Sendai et l'autre de Ishinomaki, deux villes en bord de mer – ont tenté de s'entretenir avec leurs proches. Ils n'y parvenaient pas et ne comprenaient pas pourquoi. Personne n'était encore au courant pour le tsunami. Il n'y a pas de télévision à la gare d'Aizu...

– Tu as pu rentrer chez toi sans rencontrer trop de difficultés ?

– Oui, à 18 heures, en accord avec mon directeur, j'ai pris le chemin de la maison. Il faisait nuit, les flocons dansaient dans la lumière des phares, je ne voyais pas la route à plus de trois mètres. J'ai mis plus de deux heures pour parcourir 35 km et arriver à Bange. Mes parents et moi vivons dans deux bâtiments séparés. Comme je savais qu'ils allaient bien, je suis tout de suite allée évaluer les dégâts chez moi – tout était à même le sol, les bibelots et les vases, mes livres, les flacons de parfum, les pots de crème, ma collection de boucles d'oreilles... Chose étrange : le seul objet qui était resté debout sur son étagère, c'était une statue de Marie que j'avais rapportée d'un voyage en Espagne.

– Et tes parents ?

– Ils regardaient la télévision quand je suis arrivée. Il y avait les images de cette énorme vague qui défilaient sans cesse, et puis le porte-parole du gouvernement a évoqué les premiers incidents à la centrale nucléaire.

– Tu as eu peur ?

– Oui, bien sûr, mais je me suis dit qu'on était loin de Fukushima... Quand je pense que je voulais aller au bord de la mer pour oublier toute la neige qui est tombée depuis Noël ! Mes parents, eux, c'est à peine s'ils ont tourné la tête lorsque je suis arrivée et que je leur ai dit bonsoir. Ils étaient en train de manger des sobas, des nouilles de sarrasin, tranquillement, comme si rien ne s'était passé. Complètement indifférents au conséquences du tremblement de terre ! Je n'en suis pas encore revenue... Ils m'ont seulement dit : “On a quand même de la chance par rapport aux gens de la côte...” »

Naomi évoque encore le désastre dont elle a pris conscience en arrivant le lendemain à l'agence : les clients paniqués aux quatre coins du pays, ceux qui n'ont plus donné signe de vie, les gares et les voies ferrées détruites sur plusieurs centaines de kilomètres, les employés de la Japan Railways qui ont disparu à tout jamais. Elle me raconte tout cela et je ne peux plus l'arrêter. Cela fait longtemps maintenant qu'elle ne s'exprime plus en français ou en anglais mais en japonais. Elle a besoin de parler – les Japonais, dans leur grand ensemble, ne sont enclins ni à s'épancher ni à écouter autrui. La pudeur. Toujours. Les émotions, ils les gardent enfouies en eux. La voix de Naomi se noue et elle pleure doucement. Je la laisse déverser le trop-plein de son chagrin sans rien dire – je ne suis plus tout à fait dans mon rôle de prof ce matin. Puis elle recouvre son calme, regarde sa montre :

« Je crois que je vais partir, me dit-elle, c'est l'heure. À la semaine prochaine ?

– Oui, Naomi à la semaine prochaine… »

Alors que je la raccompagne jusqu'à sa voiture, je me dis qu'il peut se passer tellement de choses d'ici là. Toutes aussi imprévisibles les unes que les autres.

Je la regarde s'éloigner en lui adressant un petit geste de la main puis lève les yeux en direction du ciel : une noria d'hélicoptères survolent les environs depuis quarante-huit heures. Les habitants de la zone sinistrée sont rapatriés à grand renfort de navettes. Dès qu'ils posent un pied sur le sol, ils sont automatiquement soumis à un contrôle censé déterminer s'ils ont été ou non exposés aux radiations. Voir des types en combinaison intégrale avec un masque plaqué sur le visage en train de détecter la radioactivité sur le corps – et notamment la thyroïde – de leurs compatriotes est un spectacle glaçant quand tout cela se déroule à un jet de pierre de chez vous. Les nouveaux arrivants sont ensuite acheminés vers différents centres d'accueil dont le gymnase de l'université qui m'emploie. J'irai les voir demain, peut-être pourrai-je me montrer d'une quelconque utilité. En attendant, dans la mesure où je suis le dernier Français dans les environs, je vais m'efforcer d'informer les téléspectateurs de l'Hexagone. Voilà que cela secoue encore. Cette fois, c'est, je pense, un petit sursaut de magnitude 3, autant dire une caresse. J'allume la télé avant d'aller prendre place derrière mon ordinateur. La caméra suit un vieil homme au milieu d'une ville portuaire dévastée. Il a du mal à marcher, cerné par les décombres. On le voit soulever des amas de bois et de ferraille entrelacés ; l'objectif se rapproche de lui et une voix, celle du caméraman, lui demande ce qu'il est en train de faire. Le vieillard le regarde – regard d'homme misérable, éperdu, détruit de l'intérieur ; il sort une photo de sa poche, la tend au reporter et lui demande :

« Vous n'avez pas vu ma femme ? »

Je reçois chaque jour des mails de réconfort et nombre de messages adressés sur Facebook par des inconnus. Ils me sont précieux. D'autant que je commence à sombrer dans la parano. Je me demande si les taux de radioactivité qui me sont fournis par les autorités d'Aizu Wakamatsu sont fiables – ils restent très bas : 0,54 microsievert, alors que ceux de Fukushima sont sans cesse revus à la hausse pour atteindre aujourd'hui 1,93 microsievert ! Je veux en avoir le cœur net et entre en contact avec la CRIIRAD, la Commission de recherche et d'information indépendantes sur la radioactivité, dont les coordonnées m'ont été transmises par la correspondante de l'AFP à Osaka, Madeleine Pradel : il me faut un Radex. C'est un compteur Geiger qui m'indiquera le taux de radioactivité auquel Keiko et moi sommes soumis ; il nous permettra en outre de vérifier si nos aliments présentent un danger. Comme il est question que le « nuage » survole la France dans un futur proche, cet organisme m'annonce que l'appareil est en rupture de stock : « Il n'y en aura plus avant septembre 2011 », m'affirme un bénévole. C'est bien ma chance ! J'insiste, et je finis par être mis en communication avec une secrétaire du laboratoire à qui j'explique les doutes auxquels je suis confronté. Je lui signale en outre que je suis en train d'entamer une nouvelle carrière, celle de correspondant au Japon – peut-être sera-t-elle écourtée pour des raisons indépendantes de ma volonté ; en attendant, chaque jour, je dois donner des nouvelles en *live* de la vie à Aizu Wakamatsu. Un Radex contribuerait à renforcer la crédibilité de mes informations, et aussi, j'en conviens, à me rassurer. J'ai affaire à une personne compréhensive et, quelques heures plus tard, je reçois un mail ainsi libellé :

> « Bonjour,
>
> Nous vous adresserons dès lundi le Radex demandé. Nous souhaitions faire parvenir aux zones affectées par la radioactivité une dizaine d'appareils que nous avons mis de côté. Ils sont gratuits. C'est une façon d'exprimer notre solidarité. Notre seul souci : qu'ils puissent servir de façon collective et pas seulement à une personne. À mettre à disposition d'associations, d'établissements scolaires, etc. D'ici, il est difficile de savoir comment procéder. Est-ce que vous avez des idées ? Est-ce que vous pourriez vous occuper de les distribuer dans les zones affectées et aux collectifs les plus appropriés ? Dans tous

les cas, nous vous adresserons le Radex commandé dès lundi.

Très cordialement,

Et bon courage pour la situation difficile que vous vivez.

Corinnc Castanicr
Directrice de la CRIIRAD

PS : Le Radex vous permettra d'éliminer les aliments les plus contaminés (ceux qui émettent le plus de rayonnements), mais pas d'identifier ni de connaître l'activité des radio nucléides présents. »

Un grand merci à la CRIIRAD. Je crois que je vais mieux respirer grâce à elle – pas ma faute si « le nuage de Tchernobyl qui s'est arrêté à la frontière française » il y a de cela vingt-cinq ans a pollué ma mémoire à jamais. La perspective de recevoir un Radex dans un futur proche me remonte le moral. J'en ai besoin : il est parfois difficile de vivre loin de ses racines et de ceux qui vous sont chers, mais les choses se gâtent singulièrement quand vous vous sentez comme un funambule pris de vertige au moment où il surplombe l'abîme. Je suis dépassé par l'ampleur de ces événements. D'ailleurs, c'est tout le genre humain qui est dépassé : la nature vient de lui infliger un revers magistral dont il n'est pas près de se remettre. Au nord du pays, un mur de onze mètres de haut, destiné à protéger la population d'une ville portuaire de tout raz-de-marée, a été emporté. C'était le plus haut jamais construit – je vous l'ai dit, les Japonais sont friands de records. Le tsunami est passé par là pour rappeler à chacun les vertus de l'humilité. Et le prix en vies humaines de ce rappel à la raison risque d'être exorbitant.

Il y a maintenant des files de voitures qui s'étirent à perte de vue devant la station-service la plus proche de mon domicile, et des utilisateurs prêts à patienter durant quatre heures. La NHK revient à une programmation que d'aucuns pourraient qualifier de « normale »; les autres chaînes, dites de divertissement, n'ont jamais cessé pour leur part de diffuser des programmes ineptes comme même Berlusconi n'aurait pas osé en proposer au plus fort des années 1980. Il y a toujours autant de rires gras soulevés par des pets alors que, sous ces images pathétiques, défile un bandeau bleu sur lequel apparaissent quelques nouvelles, très tempérées, de la centrale en surchauffe. À la bourse de Tokyo, les cours de Tepco se sont effondrés. Ce n'est pas ce qui me contrarie le plus…

5

Les jours d'après

Voir Keiko partir le matin est pour moi une épreuve supplémentaire. Je crains qu'une nouvelle secousse particulièrement violente ne l'empêche de gagner son lieu de travail ou de revenir en fin de journée à Aizu Wakamatsu. Et puis, il y a la situation à Fukushima-Daiichi qui reste préoccupante, même si, aujourd'hui, la radioactivité ici n'excède pas 0,42 microsievert. Nous sommes le vendredi 18 mars. Une semaine jour pour jour s'est écoulée depuis le séisme et le tsunami qui lui a succédé. Mon impression – je pense qu'elle est d'ailleurs partagée – reste que l'exploitant se trouve dépassé par les événements survenus à la centrale. Et ce, en dépit des effets d'annonce relayés par la NHK : plus de trente tonnes d'eau ont été larguées sur le réacteur n° 3, les pompiers dépêchés par Tokyo luttent jour et nuit et les canons à eau de la SDF – la Self Defense Force – sont entrés en action. Malgré tant d'efforts conjugués, le système de refroidissement n'a pas été rétabli et l'eau continue de baisser dans les bassins. Résultat : il y a toujours des rejets de particules radioactives dans l'atmosphère. Les radiations mesurées autour de la centrale sont de l'ordre de 270 millisieverts, et Tepco annonce la remise sous tension des réacteurs 1, 2, 3 et 4 dans le courant de la journée. Je veux y croire. De toute façon, mon scepticisme ne changera pas grand-chose à l'affaire. J'éprouve une sensation d'infinie vulnérabilité conjuguée à une impuissance de tous les instants. Mes prestations à la télé se font plus espacées : élections cantonales et frappes contre la Libye relèguent au second plan le risque d'une catastrophe nucléaire majeure. Les priorités de l'actu française m'accordent un peu de répit. Cependant, celui-ci est accompagné d'une baisse de mon énergie, et je réalise combien j'ai vécu sur les nerfs tous ces derniers temps.

Quand Keiko rentre, contrairement à nos habitudes, c'est elle qui prépare notre dîner. Je la sais épuisée mais, désolé, je n'ai pas l'âme d'un chef cuisinier en ce moment. J'ai passé l'essentiel de cette journée au téléphone en quête de produits frais. Je suis démoralisé.

Ce matin du 19 mars, le ciel est bleu et je retrouve un peu d'allant. J'ai encore du café soluble et du lait en poudre. Chaque jour, Mme Yamamoto m'apporte une miche de pain – l'entraide ici n'est pas un vain mot. Les secousses sismiques sont moins violentes mais continuent de perturber notre quotidien. Je reçois des centaines de mails en provenance du monde entier ; souvent, ils me sont adressés par des journalistes désireux de venir couvrir les événements. Ils veulent que je les aide à appréhender les risques encourus. Pas certain que je sois la personne la mieux placée pour dispenser ce genre d'avis, mais cela montre avec quelle réserve les rédactions accueillent les informations officielles. Je suis quotidiennement en contact avec I Télé, France 2 et d'autres chaînes encore. Je parle français tous les jours, ce qui ne m'est pas arrivé depuis une éternité ; j'échange ici en japonais et en anglais, et c'est bon d'utiliser à nouveau sa langue maternelle, surtout lorsqu'il s'agit de faire part de ce que l'on a dans la tête et sur le cœur. Après chaque intervention, il me semble que j'ai oublié d'aborder tel ou tel point. Ou alors que je n'aurais pas dû évoquer tel autre. Je me lève à trois heures du matin pour répondre aux questions de Michel Denisot qui présente « Le Grand Journal » sur Canal ; une fois ceci terminé, je dors une demi-heure puis me lève à nouveau pour répondre à celles du journaliste d'I Télé. Mon sommeil est fractionné comme celui des marins lorsqu'ils disputent une course transatlantique. C'est éprouvant. Je finis cependant par me caler sur ce rythme. C'est le métier qui rentre…

Tepco annonce que la température du réacteur n° 3, le plus « sensible » puisque son fonctionnement nécessite un mélange d'uranium et de plutonium, a été stabilisée. Dans la mesure où c'est sur lui que se sont focalisées depuis plusieurs jours les inquiétudes les plus vives, c'est une bonne nouvelle. Hélas ! elle est contrebalancée par celle-ci : des traces de radioactivité supérieures aux normes admises ont été relevées sur des épinards récoltés à Ibaraki et dans du lait en provenance de la zone agricole qui s'étend au-delà de Fukushima. Il semble que s'alimenter va devenir de plus en plus problématique. Et si les nappes phréatiques viennent à être contaminées, qu'en sera-t-il de l'eau ?

Après une période de pénurie totale, les stations-service d'Aizu Wakamatsu vont à nouveau être à même de distribuer du carburant. La nouvelle est relayée par Internet, et bientôt des files de véhicules s'étirent à perte de vue. C'est dans ce type de circonstances que l'on mesure à quel point nous sommes dépendants du pétrole… Je ne suis pas d'une fibre furieusement écologiste ; je commence cependant à adhérer aux thèses de ceux qui souhaitent renoncer, dans les trente années à venir, tant aux énergies fossiles qu'au nucléaire.

Contrairement à environ 260 000 Japonais, nous n'avons pas subi ici de coupures d'électricité – ce sont de petits barrages hydroélectriques qui alimentent la région. Ainsi, Keiko et moi avons pu bénéficier durant la nuit de la chaleur du *kotatsu* et continuer de regarder la télé en boucle. Je remarque que les commentateurs utilisent depuis ce matin le terme de « héros » lorsqu'ils parlent des salariés de la centrale qui continuent d'y opérer. Cela n'augure rien de bon. Les Japonais ont recours à ce mot lorsque le sort des intéressés est scellé : lorsque ceux-ci sont appelés à mourir… Et ils sont plus de trois cents maintenant dans la zone à risque.

Au-dessus de nos têtes, le ballet perpétuel des hélicoptères. Et toujours des réfugiés en provenance d'Okuma et de ses environs. Ils sont acheminés maintenant vers le stade couvert, le Aizu Dome. Au plan matériel, ils ont tout perdu. Ils ne franchiront plus jamais le seuil de leur demeure ni ne retrouveront les objets familiers qui, pour certains, les ont accompagnés toute leur vie. Je pense aux parents de Naomi, qui ont estimé que leur sort était enviable comparé à celui des habitants de la côte ; je réalise en voyant tous ces démunis que mon avenir, même s'il est menacé, repose cependant sur des bases moins fragiles que le leur. Pourquoi les êtres humains ont-ils besoin de se réconforter ainsi, en établissant des comparaisons avec ceux dont la détresse est encore plus évidente ? Il faudra que j'y réfléchisse, un jour, dans le calme de mon atelier. Mais cela me sera-t-il donné ? Les radiations mesurées à la porte ouest de la centrale s'élèvent à 830 millisieverts, un seuil jamais atteint jusqu'alors… M. Masataka Shimuzi, le PDG de Tepco, peut bien adresser ses excuses à l'ensemble du pays, mon sommeil n'en sera pas de meilleure qualité pour autant.

Dimanche 20 mars. Radioactivité à Aizu : 0,36 microsievert. Le lait contaminé provenait d'une exploitation située à 50 km de Fukushima. Le préfet interdit à la vente tous les produits agricoles de la région – elle est considérée comme le « grenier à riz » de Tokyo : les conséquences seront terribles, tant au plan économique qu'au plan de l'impact sur les habitants de la capitale, qui connaissent déjà des difficultés à s'approvisionner. Les propos du préfet de Fukushima sont confirmés quatre heures plus tard par le porte-parole du gouvernement, qui, pour sa part, a étendu cette décision, apprend-on, à trois autres préfectures. Autre mesure retentissante : la pêche est interdite. Ce n'est désormais plus la peine de se déplacer jusqu'au supermarché… Les rayons sont vides. Et nul ne sait quand ils seront à nouveau approvisionnés.

Keiko est devant la télé. Elle bosse. Mon épouse doit repenser tous les menus des pensionnaires de la maison de retraite : nourrir cent vingt personnes trois fois par jour se révèle être une tâche de plus en plus compliquée. Les calories passent de 1 200 à 800 par jour. Impossible de faire autrement.

Même si, selon les autorités nippones et les dirigeants de Tepco, la situation semble « se stabiliser » à la centrale de Fukushima, des experts de l'AIEA, l'Agence internationale de l'énergie atomique, estiment que « des événements inattendus peuvent encore se produire ». Voilà qui est réconfortant. Quels événements ? Je veux savoir. On veut tous savoir ! Mais ici, au Japon, nous devrons nous contenter de cette seule évocation et faire avec la multitude d'interprétations qui peuvent en découler. Et croyez-moi, durant ces moments-là, rien n'est pire que le doute.

Le principe du sarcophage – enfouir les réacteurs sous une chape de sable et de béton – commence à être envisagé. C'est ainsi que l'on a procédé à Tchernobyl, il y a vingt-cinq ans, et, semble-t-il, rien n'a été inventé de mieux depuis. En attendant, le bilan des victimes du tsunami s'alourdit chaque jour : il est maintenant question de 20 000 morts. Et le nombre des sans-abri est estimé à 340 000. Quelques bonnes nouvelles quand même : l'électricité a été rétablie dans le réacteur n° 2. Il est question de parvenir à un résultat similaire demain dans l'enceinte des réacteurs 3 et 4…

Temps gris. Radioactivité de 0,31 microsievert, ce matin à Aizu Wakamatsu. Nous sommes le lundi

21 mars, bonjour à tous. Pour la seule journée d'hier, trente secousses d'une magnitude comprise entre 4,7 et 5,3 ont été enregistrées. Il était 5 h 30 ce matin lorsque j'ai été sorti de mon sommeil par le téléphone portable de Keiko. À la sonnerie, j'ai identifié un mail et, compte tenu de l'heure, je me suis dit qu'il ne s'agissait pas forcément d'une bonne nouvelle. J'ai ouvert un œil, tendu le bras pour trouver à tâtons le téléphone qui se trouvait sur une table à côté de moi, et le lui ai tendu. Elle a poussé un cri :

« C'est mon oncle Michan ! »

Cette fois, j'étais réveillé pour de bon.

« Et que dit-il ?

– Je te lis : "Je vais bien. Pensez à moi. Vous souhaite bon courage. J'y retourne."

– C'est succinct...

– Oui, mais au moins il s'est manifesté. Cela faisait des jours qu'il ne m'avait rien envoyé...

– À mon avis, il est confiné dans la centrale et tenu de ne rien dire...

– On le saura bientôt. Enfin, j'espère... »

Aujourd'hui, c'est jour d'équinoxe, férié au Japon. Je sais, pour m'être renseigné hier, qu'un camion rempli de bouteilles de lait va venir approvisionner un « *conbini* » situé à proximité de la maison. Un *conbini*, c'est une épicerie à la fois pratique, froide, aseptisée – l'endroit n'a vraiment rien de convivial, et je ne m'y suis aventuré qu'à l'époque où, comme tout fumeur impénitent, j'étais à un moment ou à un autre confronté au manque. Dans un *conbini*, on ne s'adresse pas à la caissière ; et elle, tout ce qu'elle vous dit, c'est le montant de ce que vous lui devez. Voilà pour ce qui relève des échanges entre les êtres humains, et c'est pourquoi la jeune personne à qui je me suis adressé était un peu étonnée quand je lui ai demandé quand elle allait recevoir du lait. Elle m'a cependant répondu :

« Demain, à 9 heures. »

Donc, je m'habille ce matin à la hâte et comme on est au Japon, le camion de la laiterie s'arrête à 9 heures tapantes devant le *conbini*. Je fais l'acquisition d'une bouteille – le maximum autorisé – et, deux minutes plus tard, je suis à la maison. J'envoie Keiko acheter à son tour une bouteille de lait. Quand elle revient, je l'entends enfermer le précieux breuvage dans le réfrigérateur et, alors que je suis devant mon ordinateur, je la vois enfiler des lunettes de soleil, un chapeau et changer de manteau :

« Mais où tu vas comme ça ? je lui demande.

– Chercher du lait… »

Je me marre. Prenez l'archétype de la Japonaise, mettez-la au contact d'un Gaulois bon teint et, quelques années plus tard, il lui aura immanquablement transmis son côté resquilleur. C'est comme ça.

Pendant ce temps-là, à la télé, un pompier explique qu'avec les moyens ô combien rudimentaires dont il dispose, il est engagé dans un combat dont l'issue reste on ne peut plus incertaine :

« Je dois le faire, explique-t-il. Quels que soient les risques… Tout simplement. »

Puis, en pleurant :

« *Shogonai !* » Traduisez : « C'est la vie ! »

Ensuite, c'est la femme d'un sapeur-pompier qui passe à l'antenne ; elle ne peut pas parler. Elle en est incapable. Puis, subitement, elle implore Kamisama de lui rendre son mari vivant, avant de fondre en larmes. Tous les réacteurs de Fukushima-Daiichi, croit-on savoir, sont maintenant raccordés au réseau électrique grâce à un câble relié à 240 km de la centrale. Très bien. Cela n'exonère pas pour autant l'exploitant de ne pas avoir procédé à certains contrôles visant à renforcer la sécurité du site. Trente-trois éléments qui devaient être soumis à des tests ne l'ont pas été, dont un moteur et un générateur d'appoint du réacteur n° 1. Je crois que j'ai la nausée...

Un nuage radioactif – inoffensif, il faut le préciser – fait route vers les Antilles. Il devrait atteindre la métropole mercredi ou jeudi. Le téléphone sonne à tout instant. Cette fois, c'est une voix connue, celle d'une amie, Takako, qui vivait avec son mari à Okuma avant le tsunami – Okuma est la bourgade où se dresse la centrale de Fukushima-Daiichi. Takako n'était pas chez elle au moment où la vague a déferlé, et c'est la raison pour laquelle elle a survécu. Elle m'apprend qu'elle revient vivre à Aizu Wakamatsu, sa ville natale. Je lui demande des nouvelles de son mari, inspecteur de police. Lui aussi s'en est tiré. Il était en mission à l'extérieur. Je lui propose une pizza surgelée à l'heure du déjeuner ; actuellement, c'est le summum de la gastronomie. Elle accepte ; nous convenons de nous retrouver dans quelques jours.

Je suis content de savoir Takato en vie. Elle m'a aidé à de nombreuses reprises quand je me suis installé ici. Les formalités administratives sont toujours un peu compliquées pour un *gaijin*. Et puis, dans la mesure où son mari est flic, elle va certainement être en mesure de me donner des informations auxquelles je ne saurais avoir accès. Un coup d'œil à la NHK. Un reporter vedette de la chaîne déambule dans sa ville natale, rasée par le tsunami. Un cameraman le suit. Plan large sur un univers de désolation. Le reporter :

« Là était ma maison, dit-il. Je vivais là avec mon père et ma mère… »

Puis il craque, ses traits se déforment, ses épaules sursautent. Il se reprend vite, c'est un pro. Il poursuit son chemin en direction d'une colline, s'arrête pour interpeller un homme d'un certain âge, qu'il connaît puisqu'il l'appelle par son nom :

« Monsieur Sato, qui est cette enfant que vous tenez par la main ?

– C'est ma petite-fille, lui répond l'homme en pleurant. Nous cherchons sa mère. C'est elle qui me l'a confiée l'autre matin avant de partir travailler. Et je ne la vois pas. Je ne la retrouve pas. J'ai beau venir tous les jours… »

Je ne comprends pas les derniers mots qu'il prononce. Ils se sont perdus dans sa gorge, emportés par ses sanglots. Une grande majorité des habitants de la ville de Tokyo passe ce week-end de trois jours à chercher des membres de leur famille. Quatre-vingts pour cent de ceux qui y ont élu domicile ont des origines rurales. Encore une journée entre ordinateur, télé et interviews. Encore une journée durant laquelle le ciel aurait pu nous tomber sur la tête. Quand je me couche, je n'ai plus l'impression de m'endormir mais de sombrer dans le coma. Au moins, pendant ce temps-là, j'oublie Fukushima…

6

Comme une baisse de régime

Temps maussade. Comme moi. Mal dormi. Encore sorti de mon sommeil à deux ou trois reprises par des secousses. À moins que j'aie rêvé… Je ne sais pas. Cela m'arrive maintenant de me réveiller en sursaut, persuadé qu'un séisme d'une violence comparable à celle du 11 mars est en train de tout détruire autour de moi. Mardi 22, il est 9 heures. Café. Non, pas de cigarette après le café – j'y pense encore, à cette cigarette du matin, la première, la meilleure ; pas à chaque fois que je bois du café, mais presque… J'ai encore en mémoire le sentiment de bien-être qui m'envahissait quand la saveur du tabac venait rejoindre le goût de l'arabica au fond de mon palais. Fini. Voilà une époque révolue. Encore un pan de mon existence à classer aux archives. Je suis certain que le sevrage tabagique contribue à gâter mon humeur. Que les événements seraient un tout petit peu moins difficiles à supporter si mes synapses continuaient à charrier des flots de nicotine jusqu'à mes neurones. Que j'éprouverais des instants d'apaisement très fugitifs, mais que je les goûterais pleinement. Il faut que je fasse attention : je suis en train de chercher inconsciemment des raisons qui vont m'autoriser à replonger sans avoir à trop débattre avec ma conscience, qui est bonne fille quand ça m'arrange. J'allume l'ordi. Pas d'indication sur la radioactivité à Aizu Wakamatsu ce matin. À 10 heures, rien. À 11 heures, toujours rien. Je n'aime pas ça du tout. Allez, un petit accès de parano pour bien démarrer la journée. À midi, l'information est mise en ligne : 0,53 microsievert. À savoir 0,20 de plus qu'hier. Cela reste supportable, à l'évidence, cependant – et que feriez-vous à ma place ? – je m'interroge sur cette hausse, aussi infime soit-elle. Un événement particulier s'est-il déroulé durant la nuit ? Ça se bouscule dans mon cerveau toujours prêt, depuis quelque temps, à s'emballer et à imaginer le pire. Je suis certain que Tepco et les autorités nippones dissimulent des informations à la population afin d'éviter la panique. Et puis, en admettant que ce ne soit pas fondé, comment voulez-vous faire confiance à des gens qui se sont accordé quelques libertés avec les mesures de sécurité et qui ont menti à ce propos ? À la télé, je vois une fumée noirâtre s'échapper du réacteur n° 3, lequel contient du MOX, mélange radioactif entre tous puisqu'il est constitué d'uranium et de plutonium. Personne n'est en mesure de nous expliquer quelle est la composition de ce nuage (bien sûr que ce n'est pas de la vapeur d'eau) ; et, à mon avis, nul n'en a vraiment le désir, tant l'exploitant que le gouvernement.

La situation ne doit pas être brillante, parce que j'apprends que Tepco fait provisoirement évacuer la centrale. Je vous le dis, le pire, c'est de vivre avec ce sentiment que plus personne ne maîtrise la situation.

À la porte ouest de la centrale de Fukushima-Daiichi, la radioactivité mesurée est de 246 millisieverts ; porte nord, le taux est de 2 015 millisieverts. Comment interpréter cet écart ? Pas un journaliste pour nous y aider, sur l'antenne de la NHK ou ailleurs… L'impression de revenir vingt-cinq ans en arrière, époque où les médias français ne disposaient pas des informations susceptibles de donner un état précis de la situation après la catastrophe de Tchernobyl, et où les experts indépendants ne se succédaient pas à l'antenne comme ils le font aujourd'hui…

Les livreurs ne veulent plus approvisionner les magasins d'alimentation dans la région de Fukushima. Qui va s'en charger ? Comment les habitants vont-ils se nourrir ? Il neige, les routes sont verglacées. Je tente d'imaginer le sort de ces laissés-pour-compte. Leur angoisse. Plus de deux cent mille foyers sont dépourvus d'électricité et donc de chauffage pour la plupart d'entre eux. Les SDF, les Self Defense Forces – le Japon n'a pas d'armée depuis l'issue de la seconde guerre mondiale –, ne peuvent leur venir en aide, trop accaparés qu'ils sont à accomplir d'autres tâches. Pendant ce temps, la température augmente toujours dans le réacteur n° 1 et les dirigeants de Tepco se déclarent « inquiets ». Si ces gens-là reconnaissent devant des caméras qu'ils sont inquiets, on ne doit plus être très loin de l'apocalypse. Regardez-les : la mine contrite, figés dans leur bleu de travail trop neuf – la toile en est encore brillante. À quoi, à qui est destinée cette mise en scène ? Qui va avaler qu'ils vont remonter leurs manches pour aller farfouiller dans les entrailles de la machine infernale ? Le président de Tepco, quant à lui, ne s'est toujours pas manifesté. Il laisse ses sbires affronter l'opprobre des Japonais et de la terre entière.

Un prélèvement d'eau de mer révèle qu'au large de Fukushima, le niveau d'iode 131 est 126 fois supérieur à la norme légale. Le césium 134 est 25 fois supérieur à ce qui est prélevé en temps ordinaire dans les eaux du Pacifique, à environ 3 km de la côte ; quant au césium 137 – qui diminue de moitié en l'espace de quatre-vingts ans seulement –, il se mesure en quantité 16 fois supérieure à la normale…

Keiko et moi avons rendez-vous chez le dentiste aujourd'hui. Nous avons convenu d'y aller ensemble afin d'économiser l'essence. Et à bord de ma voiture : je ne tiens pas à ce que mon épouse, dans le cas où son véhicule viendrait à tomber en panne sèche, se retrouve sur le bord d'une route ou contrainte de dormir sur son lieu de travail. Nous avons acheté des masques que nous portons maintenant la plupart du temps. Il en existe de deux sortes : ceux que vous connaissez sûrement, petits et rectangulaires, on s'en sert en Europe pour ne pas contaminer son entourage lorsque l'on est atteint d'un rhume – nous les utilisons à la maison ; et il y a les autres, plus rigides, qui épousent parfaitement la forme du visage, dont nous sommes affublés dans le cadre de nos déplacements en ville. Je ne suis pas certain qu'ils soient d'une protection absolue si l'air recèle des particules radioactives. Mais ils ne coûtent que quelques yens, c'est une façon de se rassurer à bon compte.

Peu de voitures circulent dans Aizu aujourd'hui, et les trottoirs sont presque déserts. L'hôpital, habituellement bondé le matin, fonctionne au ralenti. D'habitude, même avec un rendez-vous, j'attends toujours un bon quart d'heure avant de m'asseoir dans le fauteuil du dentiste. Là, je suis réceptionné instantanément par l'une de ses assistantes et dirigé vers le lieu de mon supplice. Je fais cependant l'objet d'attentions particulières : les Japonais adorent donner une bonne image d'eux aux étrangers.

Puisque nous sommes en ville, autant en profiter pour tenter de trouver quelque chose susceptible de finir dans notre assiette. Une halte au supermarché s'impose. Arrivés sur site, nous mettons en place une stratégie infaillible ; elle reposera sur le partage des tâches. D'abord, il convient de déterminer les produits que chacun est en charge de trouver : Keiko s'occupera du poisson et des légumes ; quant à moi, je me procurerai de la viande et des laitages. Le temps alloué à notre mission sera d'environ un quart d'heure, après quoi nous nous retrouverons à proximité des caisses.

Ce laps de temps écoulé, force est de constater que mon panier, à l'instar de celui de Keiko, n'est guère rempli. On se rabat donc sur des conserves en tout genre, des produits lyophilisés ou déshydratés… Les produits surgelés ont augmenté de 30 % et, en dépit de cette hausse, ils partent sitôt arrivés dans les bacs.

Sur le chemin du retour, un panneau attire mon attention à l'entrée d'une station-service. Il est possible d'y faire l'acquisition de dix-huit litres de gasoil. Dix-huit litres, pas vingt – l'équivalent de cinq gallons américains (18,93 litres). C'est ce que mon jerrycan peut contenir. Je m'arrête d'autant que, curieusement, il n'y a pas foule. Voilà qui va me permettre de faire tourner un chauffage d'appoint. Un vrai luxe en ce moment. L'hiver semble ne jamais vouloir finir…

Nous roulons vers la maison en écoutant la radio. Sur la NHK, une habitante de Tokyo livre combien elle a peur de la radioactivité. Ce qui l'inquiète encore plus, ce sont tous ces gens qui arrivent de la préfecture de Fukushima. Elle craint qu'ils ne soient irradiés et suggère de leur faire porter un badge afin qu'ils soient immédiatement identifiables. Les choses prennent une sale tournure. Même les esprits sont pollués, maintenant. Va-t-on bientôt franchir le seuil de la psychose collective ? Non, je ne le pense pas. Cette femme est un cas à part. Les Japonais continuent de faire preuve d'un grand sang-froid. Ils ne geignent pas. Ils ne se plaignent pas. Ils encaissent. Pour ma part, j'ai hâte de me retrouver chez moi et de m'y enfermer.

Il est 16h20. Encore une secousse. Environ 4 sur l'échelle de Richter, d'une durée de cinq secondes. Hier, en fin d'après-midi, nous en avons accusé une de 6,2 et elle nous a malmenés pendant quarante-cinq secondes. Un vrai cauchemar. Il semble cependant que les répliques soient moins fréquentes.

J'aimerais avoir des informations précises sur l'eau du robinet. J'en utilise au quotidien, bien sûr, et notamment quand je prépare du café : c'est ce qui me permet de rester éveillé d'une prestation télévisée à une autre. La question n'est plus « sucre ou aspartam ? », mais « césium 137 ou iode 131 ? » L'eau, je connais bien. Quand j'étais étudiant, j'ai rédigé un mémoire sur les eaux minérales en France et, quelques années plus tard, j'ai travaillé à l'implantation d'une unité de pompage et d'embouteillage en Savoie. Pour être tout à fait précis, j'en suis resté à l'étude de faisabilité. La première guerre du Golfe a contrarié ce beau projet : les banques m'ont laissé au milieu du gué. Elles m'avaient donné leur accord, puis elles se sont rétractées – cela arrive, il faut se faire à l'idée que ce ne sont pas nos alliées les plus fidèles. Voilà comment j'ai perdu deux ans, et beaucoup d'argent, par la même occasion. Il me semble que c'était dans une autre vie. C'était la mienne cependant, même si j'ai un peu de mal à m'en persuader aujourd'hui. Curieux, les aléas qu'elle m'a réservés… Et parfaitement imprévisibles. J'en veux pour exemple la situation dans laquelle je me trouve actuellement. Si vous avez l'illusion de contrôler votre existence à cent pour cent et qu'il en sera toujours ainsi, si vous avez la certitude que celle-ci est posée sur un rail et que rien, jamais, ne sera en mesure d'en bouleverser la trajectoire, vous risquez tôt ou tard d'être confronté à quelques surprises. J'en reviens à ma petite expérience : les circonstances font qu'un jour je quitte mon pays et sa culture, que je renonce à côtoyer nombre de gens que j'aime pour m'établir au Japon ; j'y vis une quinzaine d'années, je m'adapte, je fais des projets, je me construis une nouvelle existence auprès d'une femme que j'ai choisie et qui m'a choisi… J'ai toutes les raisons de penser que le temps va s'écouler, fluide et paisible, parce que je me suis organisé pour qu'il en soit ainsi. Non. Il n'en sera rien. Un beau matin, ou plus exactement un beau début d'après-midi, tout bascule ; le pays qui m'a adopté bascule, et mon destin aussi. Et je me retrouve avec, sous le nez, une centrale nucléaire que plus personne ne parvient à contrôler. J'ai aujourd'hui la certitude que cela peut arriver à n'importe qui…

23 mars. Mais qui me secoue ainsi de bon matin ? Oh ! Surprise… Un tremblement de terre. Cela ne s'arrêtera donc jamais ? Je n'en peux plus. J'ai encaissé des centaines et des centaines de secousses. Plus en douze jours que durant ces quinze dernières années. Je suis physiquement et psychologiquement épuisé. Voyons la radioactivité, histoire de se remonter le moral : 0,43 microsievert à 9 heures. C'est un peu plus du double que ce que vous recevez dans la gencive lorsque le dentiste fait une radiographie de l'une ou l'autre de vos molaires. On y survit en général assez bien. Mais demain ? Qu'en sera-t-il demain ? Dehors, il neige encore et il y aura bientôt des stalactites qui pendront depuis le plafond de mon salon. Keiko se prépare à aller travailler. Je la sens un rien désespérée. Mais ce n'est pas tant son sort qui l'inquiète que celui de ses patients. Les alimenter correctement va bientôt se révéler impossible. Elle vient me dire au revoir dans la cuisine, je la regarde s'éloigner après lui avoir fait promettre de me téléphoner sitôt arrivée. Je me traîne. J'éprouve de plus en plus de difficulté à démarrer la machine. Je crois que sans ces échanges avec les différentes chaînes et radios, sans les impératifs horaires qui me sont fixés, je pourrais rester des heures entières à ne rien faire, l'esprit dans le vague. Allez, encore une petite secousse force 5. Puis une autre, de la même intensité, sur une durée de dix secondes. Je ne prends même plus la peine de sortir de

chez moi à chaque alerte. Un petit clic sur BFM, un autre sur le site de France 2. Puis, sur Gmail, un aperçu de la bonne centaine de messages qui m'attendent – mais dont je prendrai connaissance après ma douche : il faut vraiment que je parvienne à m'arracher ce matin : je dors debout. Je suis un zombie.

Le téléphone… C'est l'ambassade de France qui s'inquiète de ma santé. Je rassure mon interlocuteur : je me suis mis en mode survie. Il m'apprend que des pastilles d'iode m'ont été adressées et qu'elles ne devraient pas tarder à me parvenir. Voilà une excellente nouvelle. Le genre qui vous aide à vraiment attaquer la journée du bon pied si, d'aventure, vous veniez à éprouver une petite baisse de régime…

À la télé, un général des Self Defense Forces annonce que l'armée américaine a mis à disposition de Tepco deux vedettes en mesure de fournir deux millions de litres d'eau pour continuer à refroidir les réacteurs. Ce général, je le connais pour avoir assisté à une conférence qu'il a donnée il y a de cela quelques années, à l'ambassade de France, sur le thème des risques encourus en cas de tremblement de terre. À un membre de l'assistance qui l'avait interrogé au sujet d'éventuelles conséquences sur les centrales nucléaires, il avait répondu :

« Vous êtes Français ? Vous connaissez donc les risques du nucléaire. Vous savez qu'en cas de problème, il n'y a qu'une chose à faire : prier. »

Oui, il va falloir prier. Sept cents techniciens travaillent maintenant sur le site de Fukushima-Daiichi. Les six réacteurs ont été connectés au réseau électrique et deux parmi eux sont aujourd'hui dans une situation « d'arrêt froid » – ils n'envoient donc plus de substances radioactives dans l'atmosphère et ne font plus encourir de risques à la population. Il y en a quatre cependant dont l'état demeure préoccupant… Combien de temps allons-nous encore vivre soumis à pareille menace ? Je décide de m'aventurer en ville pour tenter de trouver quelque nourriture et, éventuellement, me ravitailler en essence. J'y renonce bientôt : il y a des files d'attente monstrueuses devant les stations-service. En outre, comme il n'est pas 10 heures, les magasins n'ont pas encore ouvert leurs portes… Et si j'en profitais pour aller rendre une visite à Jules ? Je fonce. Sans trop me soucier de la limitation de vitesse. Même la police connaît quelques difficultés à se procurer de l'essence en ce moment : elle ne va pas la gaspiller en se lançant à la poursuite d'un chauffard…

7

Un déjeuner riche d'enseignements

« *Hhhello !* » me fait Jules comme à l'accoutumée. Il est accroupi dans son jardin, occupé à surveiller la croissance de ses oignons de printemps. Le monde pourrait s'écrouler, Julian garderait un œil sur ses plantations. L'hiver a été particulièrement rude cette année, elles ne semblent pas cependant en avoir trop souffert. Quelques branches cassées ici et là, c'est tout : elles ont cédé sous le poids de la neige. Tayio fait ses devoirs de vacances dans le salon. La rentrée est fixée à la deuxième semaine d'avril, ce qui lui laisse pas mal de temps pour semer la terreur parmi les bestioles encore engourdies par le froid. Julian me propose un thé, je décline son offre. Car ma visite sera de courte durée : je dois rentrer à la maison avec quelques vivres ; c'est la fonction de l'homme depuis la nuit des temps et je ne veux pas déroger à la règle, quelles que soient les circonstances. Pour augmenter mes chances de succès, et par conséquent conserver l'estime de celle qui a accepté de partager ma caverne, je dois être devant les portes du supermarché avant même leur ouverture. Nous échangeons, Julian et moi, le peu d'informations dont nous disposons. Il ne me cache pas son inquiétude. Pas tant à cause du taux de radioactivité que des problèmes liés à l'eau. À Tokyo, il a été conseillé à la population de ne plus l'utiliser dans la préparation des biberons. Ici, aucune recommandation n'a été émise dans ce sens…

« Je bois peu d'eau parce que j'ai une préférence pour la bière, et cela fait longtemps que nous ne sommes plus des bébés, me fait observer Julian. Cependant, j'aimerais comprendre pourquoi elle présente un danger pour des nourrissons à 300 km d'ici alors que nous n'avons pas fait l'objet de la moindre mise en garde. Il y a quelque chose qui m'échappe…

– C'est peut-être lié au vent qui transporte les particules radioactives, à la pluie qui les rabat – je ne sais pas. Moi aussi, j'aimerais comprendre… »

Nous en sommes là de nos questionnements quand je consulte ma montre. L'heure est venue de quitter Julian et de me lancer dans la grande aventure de l'approvisionnement…

Une foule immobile et silencieuse devant le supermarché d'Aizu Wakamatsu. Les portes automatiques à peine ouvertes, c'est la ruée sur les paniers, puis les clients se dispersent dans les rayons. Je remarque qu'ils sont peu nombreux à porter un masque. L'objectif du jour est de me procurer du lait, des yoghourts, du café, de la salade et quelques pizzas congelées. Il sera en partie atteint : je repars avec deux litres de lait, deux yoghourts, du café et des pizzas. Les salades ? J'ai hésité, puis j'ai choisi de faire confiance à la grande enseigne nationale qui les propose. Aucune indication quant à leur provenance. On verra bien…

Sur le chemin du retour, une station-service ne propose plus que du gasoil – toutes les autres citernes sont vides. Pas de file d'attente, je décide donc de m'arrêter. Mais cette fois-ci, il faut présenter un ticket de rationnement. Je suis remarquable dans mon imitation du touriste un peu largué, ne me manque que l'appareil photo. La jeune femme à la caisse me fait comprendre qu'elle ne maîtrise pas l'anglais dans lequel je m'exprime pour l'occasion et, comme j'insiste, elle finit par accepter de me servir. Avec le sourire. Je prends mon plus mauvais accent japonais pour lui adresser mes remerciements – « *Domo arigato* » – puis je pars avec mon jerrycan. Même pas honte. Je dois vite rentrer maintenant parce que j'attends la visite de Takako. C'est une belle jeune femme, encore dans sa trentaine, sans enfant, et dont le mari est inspecteur de police. Nous sommes proches depuis que je suis arrivé dans la région. Takako travaillait alors au service des permis de conduire et de l'identité au commissariat d'Aizu; elle m'a considérablement aidé à sortir du labyrinthe des démarches administratives. Depuis deux ans, elle a quitté la région pour s'établir à Okuma, où son époux a été muté. Pour mémoire, Okuma est la bourgade de 11 578 habitants lovée contre la centrale de Fukushima-Daiichi. La maison de Takako est située à 5 km de celle-ci. Bien évidemment, elle a dû l'abandonner, avec tout ce qu'elle contenait…

J'entends le moteur d'une grosse berline Mitsubishi, puis son ronronnement s'interrompt à l'extrémité du jardin. J'ouvre la porte avant que Takako n'ait eu le temps de sonner. Il fait moins deux degrés et elle arrive dans une tenue plutôt décontractée, comme à son habitude, une simple veste polaire passée par-dessus une chemise à carreaux, jeans et baskets. On s'embrasse – pratique plutôt rare au Japon – tout heureux de nous retrouver après ces événements.

« Tu n'es pas venue avec Tom ? »

Tom, c'est le chien dont elle ne se sépare jamais. Un beagle...

« Non, pas aujourd'hui. Je l'ai confié à mes parents.

– Entre... »

Comme elle n'a pas pu se rendre à la petite fête que j'avais organisée à l'occasion de mon anniversaire, elle arrive les bras chargés de cadeaux et, parmi ceux-ci, une bouteille de Moët & Chandon cuvée impériale. Je laisse s'échapper un petit sifflement – je crains que le menu ne soit pas à la hauteur de la bouteille : pizza, camembert en conserve et une orange pour chacun.

Takako allume une cigarette mentholée. C'est la première fois que quelqu'un fume à côté de moi depuis que j'ai renoncé au tabac, il y a six semaines. Curieusement, alors qu'il m'arrive de rêver d'une taffe, cela ne suscite pas chez moi la moindre envie. Je dirais même que j'en suis presque incommodé...

Je bombarde Takako de questions. Elle m'explique qu'elle s'apprêtait à partir trois semaines à Okinawa, au sud du Japon – il fait vingt-six degrés là-bas en ce moment –, quand la terre s'est mise à trembler le 11 mars dernier...

« J'étais seule, poursuit-elle, mon mari était parti travailler ; j'ai beau être habituée aux tremblements de terre, là, j'ai vraiment eu peur. Je me suis précipitée à l'extérieur avec Tom sur les talons. Après trois secousses, j'ai pensé que c'était fini, et je suis rentrée pour finir de boucler ma valise. Mais il y en a eu une quatrième, et je me suis dit qu'il valait mieux que je prenne toutes mes affaires – téléphone, papiers, valise, appareil photo, sac à main – et que j'aille me réfugier dans la voiture. C'était beaucoup plus silencieux à l'intérieur, je n'entendais pratiquement que les gémissements du chien, et les suspensions atténuaient les secousses. Le frein à main était serré, mais la voiture avançait par sauts de dix, vingt, parfois trente centimètres… »

J'invite Takako à passer à table avant de poursuivre son récit, lui sers une coupe de champagne et ma misérable pizza. Nous trinquons…

« Je savais que mon mari devait être de service pendant la nuit et, comme j'avais peur de retourner dans la maison, je suis restée au volant de ma voiture jusqu'au lendemain matin…

– Tu as suivi les nouvelles à la radio ?

– Non, je n'ai plus de radio, elle a rendu l'âme depuis longtemps ! Je n'étais donc pas au courant de ce qui se passait à 5 km de chez moi… Le tsunami et les dégâts qu'il a occasionnés à la centrale, tout ça. Et puis, je te rappelle que nous sommes derrière une colline, je ne me doutais vraiment de rien…

– Donc, tu es restée dans ta voiture…

– Oui, toute la nuit. Plus de réseau téléphonique, pas de radio. Pas d'électricité non plus : tout le quartier était dans le noir le plus complet. Je pelais de froid et j'essayais de me réchauffer contre Tom. Parfois je mettais le contact et faisais tourner le moteur pour avoir de l'air chaud…

– Et la mairie n'a fait aucune annonce pendant la nuit, rien du tout ?

– Non. Rien. Les annonces ont été faites au petit matin, et c'est une voix dans un haut-parleur qui m'a réveillée. Elle annonçait qu'un convoi d'évacuation allait quitter la ville à midi, suite aux incidents survenus à la centrale…

– Tu parles d'un réveil… Et qu'est-ce que tu as fait ?

– J'étais sonnée, mais je n'ai pas paniqué. Je suis allée en voiture jusqu'au centre-ville d'Okuma, et là, sur la place, il y avait une foule énorme d'hommes, de femmes et d'enfants qui se pressaient, qui se bousculaient. J'ai demandé à certains quels étaient ces incidents survenus à la centrale. Personne n'était en mesure de me répondre. Les gens pensaient qu'ils allaient partir deux ou trois jours seulement, ils n'emportaient, pour la plupart, aucun bagage avec eux…

– Contrairement à toi…

– Oui, vraiment un fait du hasard. J'ai réalisé que l'évacuation avait été organisée durant la nuit parce que chaque habitant d'Okuma avait été recensé et qu'une place lui était allouée dans un bus. Moi, je devais monter dans le n° 7. Lorsque je m'y suis présentée avec le chien, on m'en a refusé l'accès. Il n'était pas question pour moi d'abandonner Tom, comme tu peux l'imaginer…

– Alors, comment tu t'es débrouillée ?

– Un employé municipal m'a demandé si j'étais d'accord pour prendre d'autres propriétaires d'animaux dans ma voiture. J'ai répondu : "oui, évidemment." Quelques instants plus tard, une femme est arrivée avec un chat. Le type m'a dit : "Emmenez cette dame avec vous, suivez le premier convoi." Ma passagère m'a appris qu'un tsunami gigantesque avait dévasté toutes les villes et les ports des environs, qu'elle n'avait aucune nouvelle de son mari et qu'elle était très inquiète. C'est là que j'ai commencé à l'être moi aussi… »

Le premier convoi s'est ébranlé à midi. Takako n'avait pas la moindre nouvelle de son époux ; elle ignorait s'il était toujours en vie, dans la mesure où il ne lui avait pas dit où allait se dérouler sa journée. Elle parle d'une voix grave et posée. Sans émotion apparente, un peu comme si tout cela était arrivé à une autre…

« Il y avait d'autres véhicules de particuliers qui suivaient le convoi, poursuit-elle. On était à 35 km de Fukushima quand il y a eu la première explosion à la centrale.

– C'est là où la zone de sécurité est passée de 3 à 10 km…

– Oui…

– Moi, je trouve que tout cela était parfaitement organisé, en effet… Tu ne crois pas que s'il y a eu cette absence d'informations pendant toute la nuit, c'était afin d'éviter la panique ?

– C'est possible, oui… En tout cas, il restait beaucoup de gens à évacuer. Les bus faisaient sans arrêt la navette. Mais, à un moment, ils n'ont plus pu pénétrer dans la zone sécurisée de 10 km…

– Et ceux qui se trouvaient dans cette zone, qu'est-ce qu'ils sont devenus ?

– Ils ont dû attendre l'arrivée des camions militaires. On les a embarqués à Koriyama.

– Et ton mari ?

– Il n'a pas été emporté par le tsunami, rassure-toi… Il a été chargé avec ses collègues de prêter main-forte aux militaires et de vérifier que tout le monde avait bien été évacué…

– On leur a refilé une tenue adaptée ?

– Ils avaient des masques. En revanche, je sais que les combinaisons n'étaient pas tout à fait étanches…

– Tu m'as bien dit que les personnes évacuées n'avaient pas de bagages ?

– Il y avait déjà eu des incidents à la centrale. Ils ont pensé "un de plus", et ils sont partis comme ça…

– Je comprends… En fait, Tepco espérait certainement minimiser l'incident. Jusqu'au moment où force a été de constater que cela n'était plus possible. Et c'est pour ça qu'il n'y a a pas eu d'infos avant le 12. Tu as été soumise à un contrôle ? Tu sais si tu as été exposée aux radiations ?

– J'en ai même subi deux d'affilée…

– Ah bon ? Pourquoi deux ?

– Parce que, pour le premier, il y avait tellement de monde que personne n'avait le temps de te donner un certificat… Donc, il a fallu recommencer. Pour avoir le droit de nous rendre à Aizu, mon chien et moi, on a été contrôlés deux fois.

– Et ensuite, qu'as-tu fait avant d'arriver ici ?

– J'ai suivi le convoi jusqu'à Tamura. Et là, j'ai aidé ma passagère à retrouver son mari…

– Elle l'a retrouvé ?

– Oui, dans un bus. C'était très émouvant de les voir s'étreindre… Quelques instants auparavant, aucun des deux ne savait si l'autre était encore en vie. On était devant le lycée, et leurs retrouvailles n'en finissaient pas. Ils ont trouvé refuge dans une auberge. Moi, comme j'étais avec mon chien, je n'ai pas été admise dans les lieux publics et j'ai passé une deuxième nuit dans ma voiture. Ça a été la même chose le lendemain et le surlendemain encore…

– Et ton mari ?

– J'ai fini par le joindre. D'abord, pour ne pas m'inquiéter, il m'a dit qu'il travaillait dans la zone des 20 km. C'est plus tard que j'ai appris qu'il était resté jusqu'au 14 dans la zone des 10 km…

– Et quand es-tu arrivée ci ?

– Je suis arrivée chez mes parents le 15. Ils étaient heureux de retrouver leur fille chérie… Tout de suite, ils m'ont dit que le supérieur de mon mari avait appelé et qu'il leur avait laissé un numéro de téléphone. Celui du centre où il venait d'être transféré. Enfin, maintenant, cela fait quand même quatorze jours que je ne l'ai pas vu… »

Soudain, Takako regarde sa montre. « Je dois partir », me dit-elle.

Ce matin, au supermarché, pensant qu'elle allait venir avec son chien, j'avais acheté des saucisses à l'intention de ce dernier. Je les sors du frigo et les lui tends :

« Tiens, c'est pour Tom… »

Elle m'embrasse longuement, affectueusement. Le fait que j'aie pu penser à son chien la touche au plus haut point. Après l'avoir accompagnée jusqu'à sa voiture, j'ouvre la boîte à lettres. Un paquet. Il m'a été adressé par l'ambassade de France à Kyoto et contient des comprimés d'iode de potassium dosés à 130 milligrammes. Ils proviennent du stock de l'armée française et sont valables jusqu'en 2012. Je me dis que par les temps qui courent, cela peut toujours servir.

Vendredi 25 mars. Enfin une bonne nuit de sommeil : il n'y a pas eu de secoussc. Et le soleil consent à faire une apparition. La journée se présenterait-elle sous de bons auspices ? Dehors, tout est blanc. Il a encore neigé. Les branches de mes genêts sont immobiles, ce qui signifie qu'il n'y a pas de vent. Une impression confirmée par la météo sur NHK. Les émanations vont donc continuer de s'échapper en direction du Pacifique. Je mets le nez dehors. Quatre degrés. Six de plus qu'hier. Cette fois, c'est le printemps. L'information majeure de cette matinée est relayée en boucle : à Tokyo, l'eau est polluée. L'autre centre d'intérêt du moment, ce sont les épinards. Ils figurent aujourd'hui au premier rang parmi les ennemis des Japonais. Il paraît que leurs feuilles n'ont pas leurs pareilles dès qu'il s'agit d'absorber des retombées radioactives. Ici, on ne mange déjà plus de poissons, de crustacés. Il faudra aussi apprendre à se passer d'épinards. Ce ne devrait pas être le plus difficile.

Je commençais à me familiariser avec les sieverts, voilà qu'il va me falloir tout savoir du becquerel (Bq). En effet, on respire du sievert et on ingurgite du becquerel. Me voilà donc en train de surfer sur Internet. Sur le forum de France 2, je tombe sur un texte très intéressant rédigé par un inconnu sous le pseudonyme de Walter 3. À l'évidence, il est dédié à tous les néophytes du Bq.

Je vous le livre, et vous allez voir, subitement, tout va devenir évident :

Pour mieux comprendre les différentes unités, écrit Walter 3, on peut faire la comparaison suivante :

La source de radioactivité sera un pommier, et nous admettrons qu'un dormeur est allongé sous ce pommier dont les pommes commencent à tomber.

– Le nombre de pommes qui tombent, dans l'unité de temps, c'est le becquerel.

– Les pommes acquièrent plus ou moins de vitesse suivant la hauteur du point depuis lequel elles chutent, et l'énergie transmise sur le dormeur, au pied de l'arbre, c'est le gray.

– Les pommes sont plus ou moins grosses, plus ou moins mûres, et elles tombent sur des zones plus ou moins sensibles (les yeux, la tête, les pieds) c'est l'équivalent du sievert.

Simple, non ? Et il est réconfortant de voir que la science peut parfois s'accommoder d'un peu de poésie.

8

De mal en pis

À 14 heures ce vendredi, un porte-parole de Tepco annonce qu'il faudra au moins un mois pour maîtriser le réacteur n° 3, dont l'état reste extrêmement préoccupant. C'est un coup de massue qui m'est asséné sur la tête… Un mois ! D'ici là, les vents auront largement eu le temps de tourner et de charrier vers la région d'Aizu des émanations radioactives. Il faut donc se préparer psychologiquement à une contamination, faible peut-être, mais inéluctable. J'ai l'impression que des bribes d'informations sont lâchées ici et là, parce que tant le gouvernement que Tepco ne peuvent se cantonner dans le mutisme, mais qu'il faut surtout se garder de prendre leurs propos pour argent comptant. Une heure plus tard, appel d'I Télé. Il est 7 heures du matin à Paris, et une journaliste souhaite m'interviewer en direct. J'accepte. Mais je suis encore sous le coup de l'émotion suscitée par la nouvelle que je viens d'apprendre, et je craque à l'antenne. Ma voix se serre. Je reste quelques secondes, qui me paraissent interminables, sans pouvoir proférer un seul mot. Puis ce sont les larmes qui cherchent à se frayer un passage jusqu'à mes yeux. Elles finissent par y parvenir. Il faut que je me reprenne… J'y arrive au prix d'un effort incommensurable. Je dois être un peu japonais maintenant, parce qu'au fil du temps m'est venue une sainte horreur d'extérioriser mes émotions devant plusieurs millions de personnes. Parmi elles, mon père, qui vit en Espagne. Bien entendu, il m'appelle dans la minute qui suit la fin de mon intervention. Je pourrais lui raconter que tout va bien et que je ne suis pas du tout inquiet, ce serait perdre mon temps. Il veut tout savoir, tout comprendre. Je lui explique que si l'évacuation de la zone des 10 km a été programmée, celle des habitants des zones contaminées jusqu'à 20 et 30 km a tardé. D'abord, les gens ont été invités à rester confinés chez eux. Ensuite, il leur a été annoncé que s'ils se voyaient éloignés de leur domicile, c'était en prévision d'une pénurie de denrées alimentaires et d'un manque de carburant – en aucun cas la conséquence des radiations…

« Et tu comprends, papa, lui dis-je pour finir, moi, je suis à 100 km de Fukushima. Alors, ne t'en fais pas. Je ne risque rien… »

Au moins, j'aurai essayé.

Professeur durant quelques années dans l'enseignement primaire et le secondaire, j'ai pu me rendre compte combien tout est planifié. Il existe une procédure pour chaque type d'incident ou d'accident : incendie et tremblement de terre, bien sûr, mais aussi agression, prise en otage d'une classe par un psychopathe, enlèvement d'un ou plusieurs enfants, etc… On pratique, afin de faire face à ces éventualités, des exercices d'un bout à l'autre de l'année scolaire. Tout est prévu, et

22 mars 2011. Entre terreur et survie.

En sept minutes, des villes rayées de la carte.
© Chine Nouvelle/Sipa

En plein chaos, l'exode.
© Takuya Yoshino/AP/Sipa

Alerte au nucléaire : la population soumise au détecteur de radiations.
© Wally Santana/AP/Sipa

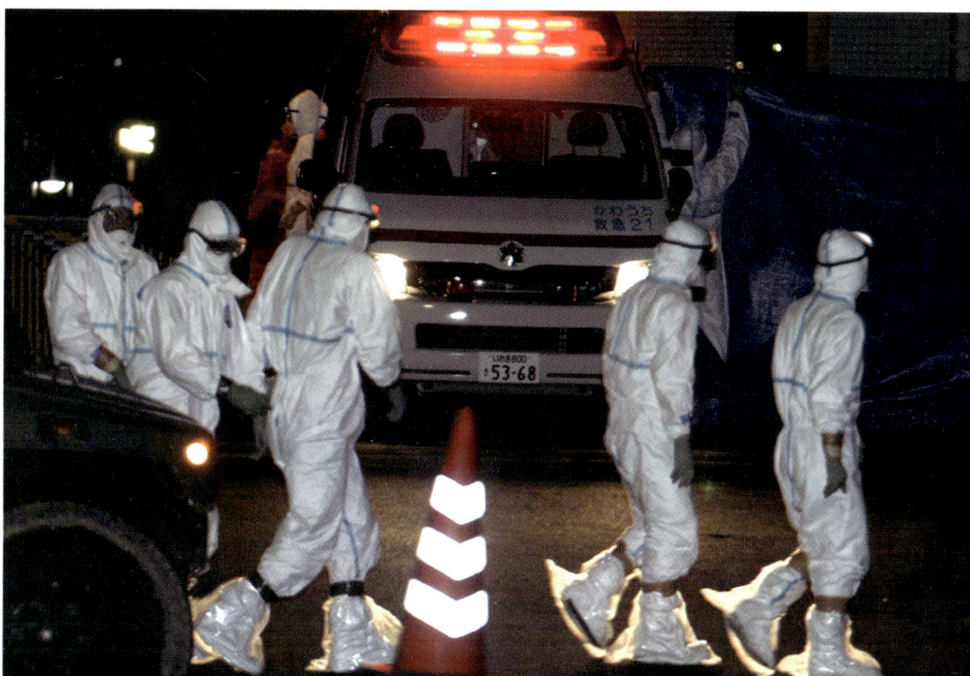

Science-fiction? Hélas! non. Le monde est sous le choc.
© Jun Yasukawa/AP/Sipa

Les sauveteurs luttent dans un paysage de fin du monde.

Pioches à la main, les soldats se lancent dans une impossible mission.
© AP/Sipa

Ils n'ont plus de toit. Ce gymnase est un premier refuge.
© Kyodowc/Neewscom/Sipa

Le spectre de l'Hibakusha : on contrôle la radioactivité sur les bébés.
© Kyodowc/Neewscom/Sipa

Lors du recueillement, selon les rites boudhistes ou shintoïstes.
© Eugène Hoshiko/AP/Sipa

En guise de stèles, de simples fleurs pour accompagner l'âme des défunts.
© Norimitsu Masuda/AP/Sipa

Ma famille japonaise (la famille de ma femme).
D.R.

Avec ma fille, Chloé.
D.R.

Ma femme, Keiko.
D.R.

Mes 60 ans, 15 jours à peine avant la catastrophe.
D.R.

chaque enseignant porteur d'une idée nouvelle est libre d'apporter sa pierre à l'édifice. Même si une succession d'événements « improbables » s'est produite en ce mois de mars, la totalité des habitants de Fukushima et de ses environs, dans un rayon de 20 km, auront été évacués, finalement, dans un laps de temps assez court – et c'est, vous en conviendrez, ce qui compte le plus. Pareil dispositif est-il prévu en France si Fessenheim, Saint-Laurent des Eaux ou toute autre centrale, venait à être confrontée à un incident majeur ? Je n'en sais rien, à vrai dire. Mais sans doute en France, comme au Japon il y a encore quelques semaines, part-on du principe que le scénario du pire n'a pas lieu d'être envisagé…

Tepco annonce que dix-sept personnes ont été exposées à des radiations supérieures à 100 millisieverts – ce qui est cent fois supérieur à la norme admise ; trois d'entre elles travaillaient sur le réacteur n° 3 et ont été hospitalisées, victimes de graves brûlures. Pendant ce temps, les Self Defense Forces continuent à Higashi Matsuma, dans la préfecture de Miyagi, de récupérer les corps rejetés par la mer. Les familles se pressent pour tenter de reconnaître les leurs. Ceux parmi ces corps qui ne sont pas réclamés sont enveloppés dans des linceuls en vinyle puis portés en terre dans des fosses communes – une pratique impensable aux yeux des Japonais, tant elle est contraire à leur culture et à leurs traditions. Mais comment faire autrement ? Il n'y a plus de cercueils et trop de cadavres. La situation reste « très imprévisible » selon M. Naoto Kan, le Premier ministre. Merci. Je crois que cela n'avait échappé à personne.

Samedi 26 mars. À nouveau de la neige, une tempête qui brasse de gros flocons poussés par un vent en provenance du nord-ouest : il nous préserve de l'irruption de tout nuage radioactif. Pour combien de temps encore ? Depuis ma fenêtre, j'aperçois la station-service baignant dans un halo irréel, comme quelque base orbitale où nul ne s'aventurerait plus jamais. Il faudra néanmoins que j'aille voir s'il m'est à nouveau possible de remplir le réservoir de ma voiture ainsi qu'un jerrycan. Mais il est encore un peu tôt : 5 h 30. Je suis parvenu à dormir sept heures d'affilée. Hier, au moment d'aller me coucher, j'étais moralement et nerveusement épuisé. J'aimerais renouer avec un mode de vie normal. Me dire que tout est fini, que tout est réglé. On peut rêver… Je sais que l'incidence de ces événements se fera sentir pendant des mois. Au plan humain, au plan sanitaire, environnemental et économique. Des estimations relayées par la Banque mondiale – qui ne doute pas que le pays se relèvera de ce désastre – évaluent le coût des différentes catastrophes (séisme, tsunami et accident nucléaire) entre 122 et 235 milliards de dollars. À savoir entre 2,5 et 4 % du PIB du pays. Une tasse de café à la main, je vais jusqu'à mon bureau, allume l'ordinateur. Qu'en est-il de cette fuite dans le réacteur n° 3 ? De cette flaque fortement radioactive située dans l'enceinte du réacteur n° 1 et dans laquelle des hommes ont pataugé, chaussés de simples bottes en caoutchouc ? Du côté du réacteur n° 2, la température augmente de deux degrés toutes les heures, et il en émanerait, également toutes les heures, quelque 720 millisieverts. Où vont ces particules ? Ce « scénario du pire », pour reprendre le terme employé par la plupart des médias occidentaux, me semble à la fois abstrait et parfaitement surréaliste. Oui. C'est quoi le pire ? Comment va-t-il se traduire ?

Encore une secousse. La troisième depuis que j'ai émergé à grand-peine. 6,4 de magnitude indique la télé – maintenant, on a ce genre d'info en temps réel. J'en viens à transposer le quotidien qui est le mien aujourd'hui dans un contexte où je me trouverais privé d'électricité. Cela signifierait pas d'infos nationales et internationales, et, surtout, pas d'accès à Internet – je dois envisager ce cas de figure : il me faut donc un ordinateur portable avec plusieurs batteries et une clé 3G. Je ne m'imagine pas coupé du reste du monde, et encore moins coupé des miens… je ne le supporterais pas.

Le Premier ministre fait une intervention en direct. Il présente ses excuses au peuple japonais et l'assure du soutien du gouvernement qui fera tout ce qui est en son pouvoir pour aider à la reconstruction. Quant aux agriculteurs et aux éleveurs – plus personne ne veut aujourd'hui de leurs produits –, il leur garantit qu'ils seront indemnisés. Sans pour autant indiquer de délai. Sur quatre préfectures, 30 % des constructions, 30 % des entreprises et 13 % des infrastructures sont à reconstruire. Je n'ai pas d'argent placé à la bourse de Tokyo dans des compagnies d'assurances : cela tombe bien, elles risquent d'être mises à mal…

Un nouveau flash : trois autres techniciens viennent d'être irradiés. Ils ont encaissé 180 millisieverts. À chaque fois que ce type de nouvelle est diffusé, Keiko se réfugie dans le silence ou part pleurer dans la chambre.

Bien évidemment, les noms des intervenants contaminés ne sont pas révélés. Et, à chaque fois, elle se demande si son oncle Michan en fait partie. Elle a beau savoir qu'il opère dans une salle de contrôle, rien n'est à même de la rassurer.

À 21 h 30, une alerte sonore sur le portable de Keiko. C'est un mail adressé par son oncle. Il ne s'est pas manifesté depuis plusieurs jours : je sens Keiko fébrile. Ses doigts courent sur le clavier, puis elle lit en silence, et me dit : « Je vais traduire pour toi… »

« Je vais bien. J'ai envie d'un bain et de légumes frais. La situation n'est pas parfaite, mais ici tous veulent parvenir à la résoudre. Je vais avoir trois jours de congé la semaine prochaine. On se voit bientôt… »

C'est au tour de Keiko de craquer. Trop de tensions depuis deux semaines maintenant. Elle transfère ce mail à sa mère, puis vient se blottir contre moi. Je la serre dans mes bras. Qui va nous sortir de ce cauchemar ? À quelques centaines de mètres à peine de la centrale, des mesures effectuées en mer révèlent un taux d'iode radioactif 1 250 fois supérieur à la norme légale. Nul ne sait comment évacuer la flaque d'eau radioactive découverte au sous-sol du bâtiment qui héberge le réacteur n° 1… J'éteins la télé. À chaque jour suffit sa peine.

Dimanche 27. Panique à bord. L'exploitant révèle l'existence d'une autre flaque d'eau radioactive. Cette fois, elle est localisée sous la turbine du réacteur n° 2 et ce sont 1 000 millisieverts qui s'en échappent toutes les heures. Un taux « 12 000 000 de fois supérieur à la normale » selon l'opérateur. Il semble que les choses partent en vrille… Cette fois, on bascule vers une nouvelle dimension bien au-delà du cauchemar : un taux douze millions de fois supérieur à la norme ! Ai-je bien entendu ? Oui. C'est ce qui vient d'être annoncé. D'ailleurs, l'info est immédiatement reprise ; elle fait le tour du monde en quelques fractions de seconde, elle est simultanément sur le Net, les radios, les télés… En France, elle vient disputer la primeur aux cantonales et à Mouammar Kadhafi. Et puis non, finalement, on apprend qu'il s'agissait d'une fausse alerte. Les cerveaux de Tepco se sont trompés dans leurs calculs… Excusez du peu. Tout le monde peut se tromper et, la plupart du temps, je n'y trouve rien à redire – ou pas grand-chose. Mais là, je ne m'interroge même plus sur la faculté de l'opérateur à gérer la crise. Je suis tout simplement effondré. La France va acheminer cent quarante tonnes de matériel vers l'archipel ; si quelques ingénieurs du CEA, le Commissariat à l'énergie atomique, ou d'Areva pouvaient nous être expédiés par la même occasion, je n'y verrais pas d'inconvénient. Chauvin, moi ? Non, pas du tout. J'ai simplement envie de vivre en bonne harmonie avec ma thyroïde encore quelque temps. Je réponds aux questions de deux envoyés spéciaux dépêchés depuis l'Hexagone, puis je vais me coucher. Ce soir, c'est l'écœurement qui prédomine.

0,33 microsievert ce matin, lundi 28 mars, et une quinzaine de secousses d'une magnitude de 4,5 à 5,6 sur l'échelle de Richter. Voilà. Histoire de nous rappeler que nous ne sommes pas grand-chose sur cette Terre, qu'elle peut nous happer à tout instant, et que ceux qui vivent à proximité de la mer sont susceptibles d'être engloutis par une déferlante de treize mètres de haut avant même d'avoir eu le temps de recommander leur âme au Créateur. Il y a des événements qui rendent humble. Qui vous conduisent à réviser les priorités qui sont les vôtres. Ceux que nous sommes en train de vivre ici au Japon en font partie. Depuis quelque temps, la télé nous avertit de l'imminence des secousses. Je ne suis pas sismologue, et ma question est celle d'un béotien : comment et pourquoi est-ce possible aujourd'hui que le Japon ait été fauché par la catastrophe la plus importante de son histoire, le 11 mars dernier, sans que quiconque ait donné l'alarme ?

Un coup de sonnette. Je quitte mon ordinateur à regret – je n'attends pas de visite et n'ai pas envie de voir grand-monde. Deux énormes camions de la Tohoku Electric Co. sont garés devant chez moi. Un technicien vient m'alerter qu'il se livrera d'ici peu à quelques travaux sur la ligne et qu'il convient de couper l'alimentation des appareils dont je me sers actuellement – et, accessoirement, de sauvegarder mes données si je travaille sur un ordinateur. Il m'assure que la durée de l'intervention ne devrait pas excéder trente minutes et il m'invite à accepter ses excuses.

« Nous changeons systématiquement tous les raccordements électriques, maison par maison, m'explique-t-il. Le tremblement de terre d'il y a deux semaines en a sans doute endommagé certains… »

Je le remercie de tant d'amabilité et vais sauvegarder les dossiers ouverts sur le bureau de mon ordinateur. Me voilà coupé du reste du monde l'espace d'une demi-heure. Je mesure à quel point je ne suis plus habitué à cela. Oui, une trentaine de minutes à me sentir ainsi isolé, c'est en ce moment le maximum que je puisse supporter. Je prends alors conscience que ce séisme et ses conséquences ont eu une incidence profonde sur ma personnalité. Et que je n'appréhenderai plus jamais la vie de la même façon.

Le gouvernement juge « inacceptable » l'erreur d'appréciation commise la veille par Tepco. Il faut dire que l'image du Japon n'en sort pas grandie aujourd'hui dans les gazettes du monde entier. Et comme si le flot des mauvaises nouvelles ne devait jamais s'interrompre, les chaînes internationales relaient cette info en boucle : du plutonium est détecté dans le sol à proximité de la centrale. Selon Tepco, « cela n'a pas d'incidence sur la santé des individus ». Mais y a-t-il encore, ici ou ailleurs, des « individus » susceptibles de prendre au sérieux les propos du porte-parole de la centrale ? Je n'en suis pas certain… Ce qui est sûr, en revanche, c'est que les 1 000 millisieverts/heure qui se dégagent de la flaque radioactive située sous le réacteur n° 2 ne seront pas sans incidence sur l'environnement : celle-ci se répand maintenant dans l'océan Pacifique. Quand vous craignez pour votre peau – cela n'a rien d'honorable, je le confesse, mais il est honnête de le préciser – vous ne vous souciez guère du sort de la faune et de la flore sous-marine. De deux maux, vous choisissez le moindre – c'est tout simplement humain.

Je suis peu loquace ce matin quand je me retrouve en ligne avec la journaliste d'I Télé. Je crois que très insidieusement mon anxiété croît jour après jour, même si je m'efforce de n'en rien laisser paraître. Et que mon moral s'en trouve très sérieusement affecté. En fait, j'ai peur. J'ai peur tous les jours, et presque à chaque instant. Ce n'est pas une vie, certes, mais je l'ai choisie puisque je ne me résoudrai jamais à quitter le Japon sans Keiko. Et pour ce qui la concerne, ce n'est pas d'actualité, en tout cas pas encore : elle se refuse absolument à abandonner les pensionnaires qu'il lui appartient d'alimenter. Et dans ce domaine, les choses ne vont pas non plus vers une amélioration. Les magasins sont vides ou presque. J'aimerais décrocher de tout cela. Partir loin et dormir…

« Monsieur Nibelle ?

– Oui.

– Philippe Martin, consul de France à l'appareil…

– Bonsoir, monsieur le consul.

– Nous venons vers vous pour savoir comment vous allez, d'une part, et, d'autre part, voir avec vous s'il nous est possible de vous venir en aide…

– Oui, je pense que cela doit être possible. C'est même assez simple… Je cherche à me procurer un appareil qui me permettra de savoir quel est le taux de radioactivité dans l'air que je respire et sur les aliments que je me propose de consommer…

– Hélas, je n'ai pas ce genre d'appareil à vous proposer. En revanche, je peux vous envoyer un récepteur qui calcule le nombre de microsieverts que vous inhalez en 24 heures…

– Écoutez, c'est déjà pas mal. Pourriez-vous également en fournir un à mon épouse ?

– Bien sûr. Pas de problème… Je vous fais parvenir cela.

– Merci, monsieur le consul…

– Monsieur Nibelle, je vais vous laisser mon numéro de portable. N'hésitez pas à en faire usage en cas de nécessité…

– Merci…

– Je vous en prie. Bon courage. Je vous rappellerai…

– Au revoir… »

Nous raccrochons.

Naoto Kan, le Premier ministre, affirme que le gouvernement est « en état d'alerte maximum ». Depuis plusieurs jours maintenant, Keiko et moi sommes prêts à évacuer à tout instant : valises, réserves d'eau, provisions, passeports, objets de valeur et argent sont dans la voiture. J'en ai marre. C'est fatigant de vivre avec son attention rivée sur le sens du vent et la radioactivité ambiante. Alors, ce coup de fil du consul est tombé à point nommé : je me sens un peu moins désemparé.

9

Dans l'attente de jours meilleurs…
Ou du « Big One »

Il est un peu moins de 4 heures, ce 29 mars, quand me parvient un mail de Michan :

« À la centrale, peu d'évolution. Les rejets d'eau contaminée sont importants et nous empêchent de progresser autant que nous le souhaiterions. La pollution marine doit être terrible. Je ne sais quelles en seront les conséquences à long terme. Point positif : le refroidissement des réacteurs à l'eau douce donne de bons résultats. »

Michan semble avoir été interrompu alors qu'il rédigeait son message. Ne figure pas le sempiternel « on se voit bientôt » qui vient mettre un terme à chacun de ses courriels. Bizarre. Bizarre aussi qu'il n'ait pas adressé ce message à sa nièce mais à moi…

Keiko est endormie. Je lui ferai part des propos de son oncle dès qu'elle ouvrira un œil. Je sais que ça l'aidera à bien démarrer la journée…

À 6 h 50, nouveau mail de Michan :

« Je vais bien. Ma mission consistera aujourd'hui à organiser la mise en place des "girafes" à proximité du bâtiment 3 (ce sont des lances d'incendie positionnées au sommet de longs bras articulés). Quand elles seront opérationnelles, demain ou après-demain, je vais avoir mes trois jours de congés. Ils sont bien mérités. Donc, le 1er avril je devrais enfin rentrer chez moi. Non, ce n'est pas un poisson d'avril. On se voit bientôt. »

Je me plante devant la télé avec un bol de café. Toujours de l'eau radioactive dans la salle des turbines de deux réacteurs. Tant que cette eau n'aura pas été évacuée, il sera impossible de rétablir l'électricité et donc de refroidir les réacteurs en question. Évacuer l'eau, certes... Mais où et par quel moyen ? Un vrai casse-tête auquel sont confrontés les ingénieurs de Tepco. Et, à l'évidence, ils ne sont pas sur le point de le résoudre. Les dirigeants de la centrale ont consenti à faire appel à des experts français d'Areva – dont la présidente en personne, Anne Lauvergeon –, du CEA et d'EDF. Encore un aveu de leur impuissance à gérer et surmonter cette catastrophe.

J'ai glissé une pilule d'iode dans mon portefeuille. Maintenant que je vais être l'heureux propriétaire d'un détecteur – en attendant ceux plus sophistiqués que doit me faire parvenir la CRIIRAD –, je vais pouvoir me fier aux relevés que j'effectuerai et non à ceux qui me sont annoncés. Ne me manque plus qu'un masque. Il paraît que la France en a expédié à l'intention de ses ressortissants. Délicate attention. En aurai-je besoin un jour ? J'écoute l'interview accordée par une jeune femme, membre de Greenpeace au Japon. Elle se trouve dans la ville d'Iitate, soit à 40 km de Fukushima – la localité n'a donc pas été évacuée –, et elle enregistre des radiations de l'ordre de 7 à 8 microsieverts chaque jour. Le 18 mars, il y a même eu un pic de 20,80 microsieverts !

Contrairement à Aizu, où je me trouve, aucun relief n'est là pour protéger Iitate. Pourquoi les autorités japonaises n'ont-elles pas procédé à une évacuation générale dans un rayon de 80 km comme cela a été suggéré par les États-Unis ? Toujours cette volonté d'éviter la panique, assurément. Quel en sera le prix ? Combien de cancers d'ici cinq à dix ans ?

Une fois encore, le porte-parole du gouvernement donne une conférence de presse. Je remarque que seuls des journalistes japonais y assistent. Où sont les reporters étrangers ? N'en ont-ils pas été informés, ou en ont-ils été sciemment écartés afin que soient évitées les questions trop dérangeantes ?

Il va falloir que je remplace notre vieille télé : le 11 juillet, nous passons au « tout numérique ». Je décide d'aller en ville et d'en acheter une que j'offrirai demain à Keiko pour son anniversaire. Cette démarche peut paraître étrange, dans la mesure où des produits de première nécessité sont stockés dans la voiture et que nous sommes prêts l'un et l'autre à quitter Aizu dans les meilleurs délais si la nécessité s'en faisait sentir. Sûr qu'en cas de départ précipité, on ne va pas s'embarrasser d'une télé. J'aimerais m'expliquer l'ambivalence que révèle le choix de cet achat. Sans doute le désir de conjurer le sort, de faire comme si tout devait s'arranger dans un futur proche même si, au fond de moi, je sais qu'il n'en sera rien. Il faudra, j'imagine, des mois et des mois avant un retour à la normale. Le pain et tous les produits à base de farine commencent à se faire rares. Nos boulangers locaux ne sont plus approvisionnés.

Je suis abruti d'images. J'en ai conscience et, cependant, pas moyen de détacher mes yeux de l'écran. Je suis comme hypnotisé. Pourtant, en presque trois semaines, j'en ai ingurgité des scènes de détresse et de désolation. La curiosité malsaine m'est parfaitement étrangère et je ne saurais me repaître du malheur d'autrui. En revanche, m'habite toujours cette volonté de mettre toutes les chances de mon côté en tentant de faire en sorte que rien ne m'échappe. Cette volonté de contrôle est dérisoire dans la mesure où, de toute façon, personne au Japon ou ailleurs n'est en mesure de déterminer l'ampleur de la catastrophe et d'évoquer de façon fiable sa possible évolution. Le gouvernement se contente de répéter que « la situation reste imprévisible ». Imaginez une crise similaire en France et des propos tout aussi laconiques des hautes instances qui gouvernent le pays : vous auriez des manifestations un peu partout, de la colère et de la casse. Rien de tout cela ici. À peine quelques banderoles dans les rues de Tokyo…

Des images d'enfants qui jouent dans des centres d'accueil ; un homme qui retrouve des photos de famille dans des décombres – il travaillait au loin le jour du tsunami ; un autre récupérant sa voiture que la marée vient de lui restituer : il s'étonne du fait que les clefs qu'il avait laissées sur le démarreur aient disparu ; des garde-côtes épuisés qui reviennent amarrer des bateaux partis à la dérive : ils rendaient la navigation dangereuse. Le quotidien des habitants du nord-est du pays est ausculté quotidiennement par les caméras du monde entier. Deuil, douleur, fatalisme et résignation occupent l'antenne tandis que des médecins continuent d'affluer de partout pour prêter main-forte à leurs confrères japonais. Une équipe de praticiens israéliens s'étonne de ne pouvoir intervenir : le diplôme qu'ils ont reçu n'est pas reconnu au Japon. Le médecin de l'ambassade de France est confronté au même obstacle. Toujours cette défiance des Japonais à l'égard de tout ce qui est « étranger ». Un peu plus tard – et c'est là une grande première –, l'autorisation temporaire d'exercer la médecine leur sera accordée compte tenu des circonstances...

Je ne sais plus ce que je dois mettre sur le compte de la paranoïa et ce qu'il est légitime de redouter. Je vous donne un exemple : depuis ce matin, les caméras ne montrent plus qu'un seul des bâtiments de la centrale... Exit les deux dont s'échappait encore hier une fumée de mauvais augure. Pour quelle raison ? Choix délibéré lié à la volonté de ne pas susciter davantage d'angoisse dans une population déjà très ébranlée ? Si tel est le cas, le résultat est peu probant.

Mercredi 30 mars. 0,25 microsieverts dans l'air que je respire. Toujours rien d'alarmant pour le moment. Des jonquilles, des tulipes et des primevères commencent à poindre. Les pruniers japonais entament leur floraison en même temps que les forsythias, et mes pieds de rhubarbe sortent bien drus de cet hiver dont on ne voyait pas le bout. Je sais que je n'ai rien à craindre du vent jusqu'à la mi-avril – ce n'est qu'après qu'il tournera. Je surveillerai alors heure par heure le taux de radioactivité. À Fukushima-Daiichi, le bâtiment 3 est toujours à l'origine des pires inquiétudes. Et à quelque 300 m de là, des mesures effectuées dans le Pacifique ont révélé que la radioactivité y est maintenant 3 500 fois supérieure à la norme. J'aimerais savoir qui a autorisé la construction d'une centrale atomique en bord de mer – et au même niveau que celle-ci – dans un pays où les tremblements de terre ne se comptent plus. La centrale d'Onagawa, près de Sendai, a été construite en surélévation et elle est protégée par une digue… Pourquoi l'une et pas l'autre ?

Il me faut trouver un ordinateur portable au cas où je viendrais à partir en toute hâte : je dois donc me rendre en ville. Lorsque je passe devant la station-service, pas la moindre file d'attente. Je m'arrête. Le pompiste vient à ma rencontre, tout sourire :

« *Mantan ?*

– Oui, le plein s'il vous plaît… » Il y a quelques jours à peine, des gens attendaient jusqu'à cinq heures pour se procurer un peu d'essence ; aujourd'hui, on me propose le plus simplement du monde de remplir mon réservoir : ce doit être mon jour de chance. Il faut en profiter. Nul ne sait de quoi demain sera fait…

Je reviens à la maison après avoir fait l'acquisition d'un MacBook Air. Je le configure en gardant un œil rivé sur la télé. Un représentant de JA, Japan Agriculture, invite les exploitants de rizières à ne pas en retourner la terre tant que les résultats des prélèvements effectués n'auront pas été rendus. J'apprends également que le gouvernement ordonne un contrôle de tous les réacteurs du pays. Précaution un peu tardive dont chacun conviendra cependant de l'utilité. Le cours des actions Tepco continue de dévisser, et son président a été hospitalisé : il semble que son cœur ne supporte pas tant d'émotions.

Le premier mail que je reçois sur mon nouveau jouet m'est adressé par l'ambassade de France à Tokyo : je suis invité à prendre part à une réception lors de la visite de Nicolas Sarkozy. J'en suis très honoré ; je ne me vois pas cependant faire un aller-retour à la capitale en ce moment : je ne vivrais pas durant ce périple, sachant Keiko seule ici.

Le consul me rappelle : il n'a plus qu'un détecteur de radioactivité disponible – il en est désolé. Il me confirme que celui-ci me parviendra sous peu. C'est un appareil mis au point par le CEA de Saclay, dans l'Essonne, qui enregistrera heure par heure les radiations auxquelles je serai soumis. Il me fournira en outre un cumul en microsieverts tous les mois. Cette petite merveille, intitulée Dosicard, est également dotée d'une alarme censée m'indiquer quand la limite de ce que je peux encaisser sera sur le point d'être dépassée. J'espère bien ne jamais l'entendre sonner… Mais il n'y a personne pour me garantir que ce ne sera pas le cas un jour ou l'autre.

Les enfants ont encore une quinzaine de jours de vacances devant eux. Haruka et ses copains jouent dans la rue, ils se lancent en criant dans des poursuites à vélo effrénées. Lorsque je leur demande pourquoi ils ne portent pas de masque, ils me répondent qu'il fait trop chaud. Je passe des heures immobile devant mon ordinateur ou ma télé et je ne partage pas tout à fait leur point de vue… Il fait douze degrés et j'ai froid la plupart du temps. Les gosses des environs aiment bien venir me voir

– lorsque je les entends, j'ouvre ma fenêtre et ils saluent mon initiative d'un grand « *Hello !* ». L'été, ils s'enhardissent jusqu'à venir m'épier dans mon atelier. Les plus courageux y pénètrent et touchent à tout en posant mille questions. Un jour, j'étais en train de réparer une vieille arbalète, et ils se montrèrent très intrigués :

« Philippe-sensei *nan desuka* ? »

Sensei signifie « Professeur ». Je leur ai donc expliqué, à leur demande, le fonctionnement de cette arme : ils n'en avaient jamais vu de pareille auparavant. Puis, de fil en aiguille, ils ont entrepris de visiter la maison. Un peu plus tard, l'un d'entre eux – il avait une bonne bouille ronde et ses copains le surnommaient Akun – m'a invité à le suivre. Nous avons dévalé une colline et, alors que je me trouvais hors d'haleine, il m'a montré un coin à champignons qu'il avait jusqu'alors gardé secret :

« *Mite !* »

Cela signifie « Regarde ! ». J'ai regardé et je n'en croyais pas mes yeux : il y en avait des dizaines sur des souches d'arbres morts. J'en ai cueilli quelques-uns après qu'il m'eut assuré qu'ils étaient comestibles. Le soir, Keiko et moi nous sommes régalés d'une omelette que j'avais agrémentée de ma cueillette dûment coupée en petits cubes, salée, poivrée et épicée. Nous avons survécu. Depuis, Akun et moi sommes liés d'une amitié indéfectible.

Les municipalités font un contrôle systématique de l'état de chaque habitation. Gaz, électricité, structures : tout est inspecté avec minutie. Lorsqu'une maison est jugée peu sûre, ses habitants sont invités à la quitter, et leur nombre va grossir celui des réfugiés. Ils reviendront une fois les réparations effectuées. Ceux qui se trouvaient dans la zone contaminée, en revanche, n'auront pas cette chance. Souvent ils demandent l'autorisation de retourner chez eux afin de récupérer quelques affaires, quelques souvenirs aussi. Ce qui leur est évidemment refusé. Ils ne comprennent pas pourquoi on les soumet à pareille mesure. Pour eux, il s'agit d'une injustice. Certains essaient – sans succès – de soudoyer les autorités. Le danger lié à la radioactivité, aussi étrange que cela puisse paraître, échappe au plus grand nombre…

Comment va se dérouler cette rentrée scolaire? Le 8 avril, les enfants des villes dévastées qui ont été envoyés à Aizu Wakamatsu vont devoir retourner à l'école. Ils seront répartis dans différents établissements, et il y aura suffisamment de bâtiments pour les accueillir – ce sont les chaises et les bureaux qui risquent cependant de manquer. Sur les quatre-vingt-dix-neuf écoles que recense la préfecture, une trentaine a été détruite par le tremblement de terre ou le tsunami. La municipalité s'applique à ne pas séparer les enfants d'un même établissement, voire d'une même classe. Au plan de l'organisation, cela relève du tour de force, et celui-ci est en passe d'être réalisé en une vingtaine de jours…

Pendant ce temps, la psychose sévit un peu partout dans le monde. Taïwan et la Chine refusent des pommes en provenance du Japon – elles ont été récoltées au mois de décembre et séjournent depuis dans des chambres froides: qu'importe. L'Australie, l'Europe et les États-Unis bloquent le thé à leurs frontières… Le Japon demande alors à ses partenaires commerciaux de ne pas pénaliser davantage le pays en instaurant des mesures que rien ne saurait justifier. Vaine supplique. Et même au pays du Soleil Levant, ce qui provient de Fukushima ou de ses environs est banni… Des voitures dont les propriétaires sont portés disparus font l'objet d'une vente aux enchères : celles qui ont été immatriculées par la préfecture ne trouvent pas d'acquéreur parmi la population japonaise. Elles partiront en Inde, en Afrique ou en Russie.

Déjà, il est question de « reconstruire »…

Imaginez la superficie de la France réduite de moitié et vous aurez une idée de celle du Japon. De cette superficie, retirez environ 70 % de régions montagneuses et de forêts. Et maintenant, efforcez-vous de répartir le double de la population française sur le peu de territoire restant. Vous constaterez alors qu'à l'exception du bord de mer, il ne subsiste guère de possibilités – et tant pis si la moindre anse est déjà surpeuplée. La concentration de la population japonaise est au kilomètre carré plus de trois fois supérieure à celle de la France. Il faudra un jour empiéter sur les rizières. Mais d'ici là, le béton va à nouveau se dresser en bord de mer. En attendant le « Big One »…

10

Poison d'avril

Jeudi 31 mars. Le président Nicolas Sarkozy est accueilli à Tokyo dans le cadre d'une visite officielle – sa première au pays du Soleil Levant. Il s'est entretenu avec le Premier ministre japonais, M. Naoto Kan, puis s'est adressé aux ressortissants français en des termes assez justes, dont voici l'essentiel :

« Je veux d'abord évoquer, devant Nathalie Kosciusko-Morizet, que je remercie d'être là, la situation nucléaire du Japon, en toute transparence. Je dois à la vérité de vous dire : cette situation est critique, très instable, et, malheureusement, durable. Vous devez envisager de vivre avec cette situation encore pendant plusieurs semaines, si ce n'est plusieurs mois. Que devez-vous faire ? Ce n'est pas à moi de vous le dire. Chacun de vous doit décider en son âme et conscience, selon sa situation familiale et ses obligations professionnelles. Je sais combien les situations des expatriés sont variées, entre ceux qui ont fait leur vie au Japon et ceux qui sont venus ici sachant qu'ils seraient prochainement appelés ailleurs [...].

Maintenant, après trois semaines aussi éprouvantes, la vie doit reprendre son cours le plus normalement qu'il est possible dans des circonstances aussi exceptionnelles que tragiques. »

Fin de citation.

Le Premier ministre a affirmé aux Japonais que la centrale de Fukushima serait démantelée. Cependant, dans la mesure où la situation n'est pas maîtrisée – il est question de tendre des bâches autour des réacteurs pour en réduire les émanations ! –, je ne parviens pas à imaginer que ce projet se voie concrétisé dans un futur proche. À mon sens, il pourrait même s'étirer sur des années… En attendant, les autorités refusent d'élargir la zone de sécurité autour de la centrale comme l'a préconisé l'Agence internationale de l'énergie atomique.

La visite éclair du président français a suscité nombre de commentaires. Les Japonais sont très sensibles à la façon dont ils sont perçus dans l'Hexagone ; c'est pourquoi il m'est déjà arrivé de faire l'objet de réflexions de la part d'enseignants, suite à telle ou telle décision de l'un de nos dirigeants impliquant leur pays. Mais pas question d'échanger pour autant des points de vue d'ordre politique. Non, débattre d'opinions est impensable entre gens bien élevés. D'ailleurs, quand j'y pense, je ne sais même pas pour qui vote ma femme…

Des présidents qui se sont succédé à la tête de la France durant ces dernières années, Jacques Chirac reste ici le plus apprécié. Il lui est arrivé durant ses mandats d'assister à des combats de sumo et, curieusement, l'inclination personnelle de cet homme a eu pour effet de faire endosser une aura de bon goût à l'ensemble de ses compatriotes. Il en va différemment des Américains. Comme me le dit parfois Naomi, à qui je dispense des cours de français, « les Japonais adorent les détester, c'est pourquoi ils font tout ce qu'ils peuvent pour leur ressembler ». On l'aura compris, cerner l'âme de cette population est parfois chose complexe.

Vendredi 1er avril. Ce matin, il est impossible de se connecter sur le site de la NHK ou celui de ma ville pour connaître le taux de radioactivité. Comment le bleu de ce ciel magnifique aperçu depuis la fenêtre de mon bureau peut-il être empoisonné ? La menace est pourtant là, à une centaine de kilomètres, invisible et inodore. Il fait cinq degrés à l'extérieur et le vent est stable. Mme Yamamoto passe le balai sur sa terrasse. Je lui adresse mes civilités puis lui demande :

« Et le masque, madame Yamamoto ?

– Il est dans la maison…

– Vous ne le portez pas ?

– Pour quoi faire ? »

Elle n'a pas la moindre idée de ce qui s'échappe de la centrale depuis trois semaines et ne s'en soucie aucunement. Aujourd'hui, si j'habitais Sendai, je m'inquiéterais un peu : sur la côte est, les vents soufflent du sud vers le nord. En revanche, la situation semble meilleure à Iitate où le taux de radioactivité, selon l'AIEA, est revenu à la normale. Qu'en est-il ici ? C'est le moment de tester ma Dosicard. Le fonctionnement n'en est pas très compliqué : l'appareil m'indique bientôt 0,24 microsieverts. Je devrais donc absorber environ 2 microsieverts dans la journée et, en restant sur cette base, si j'effectue un rapide calcul, cela donne un résultat de 60 pour le mois. Soit 20 en dessous du maximum. Tout va bien. En tout cas, pour l'instant… J'appelle le consul pour le remercier d'avoir fait diligence. Il m'indique qu'il va envoyer aux Français des quatre préfectures concernées par les récentes catastrophes le numéro d'une cellule de crise où des médecins seront en mesure de répondre à toutes leurs questions. L'empathie dont cet homme fait preuve envers les expatriés n'est pas feinte et son soutien est d'importance. Je le remercie à nouveau. Et lui de me répondre :

« Surtout, en cas de besoin, n'hésitez pas à appeler. Sur mon portable et quelle que soit l'heure… »

Il est impeccable, notre consul.

Quand Keiko part travailler, je lui confie la Dosicard afin qu'elle puisse mesurer le taux de radioactivité durant la journée. Encore envie de fumer parfois ; ce besoin subit, impératif, est lié à la tension nerveuse, mais il n'a rien d'insurmontable et se dissipe aussi soudainement qu'il s'est manifesté. Soleil radieux. Cinq degrés seulement, mais l'envie de sortir. Le téléphone sonne quand je m'apprête à aller faire un tour dans mon jardin. C'est Takako. Elle me donne de ses nouvelles et quand je lui en demande de son mari, Taiko, elle me répond :

« Il est retourné avec un escadron des Self Defense Forces à Okuma pour rapatrier les corps des victimes du tsunami. Mais après avoir passé les cadavres au détecteur, ils ont dû renoncer à les sortir de la zone. Le taux de radioactivité était trop élevé. Taiko a reçu l'ordre de rentrer. Et les dépouilles sont restées en place… »

Chaque jour, la mer continue de rejeter des corps gonflés comme des baudruches. Ils sont dispersés sur des kilomètres. Des milliers d'hommes, japonais et américains, ont été déployés pour procéder à leur décompte. À la centrale, refroidir l'eau des cuves – à l'eau douce et non avec de l'eau de mer – est devenu la priorité absolue avec le pompage dans les salles des turbines. Un peu avant la mi-journée, Tepco révèle que de l'iode 131 a été décelé dans une nappe d'eau située à une quinzaine de mètres sous la centrale. Dans la mesure où le risque encouru est de plus en plus important pour les hommes, ce sont des robots mis à disposition par la France et les États-Unis qui vont les assister dans l'accomplissement de certaines tâches.

Un saut au 7/11 – prononcez « Seven/Eleven » – à l'heure du déjeuner ; c'est le genre d'épicerie de quartier comme vous en trouvez encore par ici ou aux USA, mais, je crois, de moins en moins en France. Il n'y a toujours pas de sandwichs proposés à la vente ni d'*onigiri* (des boules de riz fourrées au saumon, à l'œuf, au poulet, etc). La version japonaise du jambon-beurre que l'on vous sert sur le coin d'un comptoir à Paris : simple, bon, vite fait. Je suis étonné de trouver du lait étiqueté « Aizu Milk »… Renseignements pris, j'apprends qu'il arrive par citernes entières et qu'il est conditionné ici.

Alors que je prends un repas frugal, je reste attentif aux infos. Pour la première fois, il est recommandé à la population de prendre des mesures particulières après la pluie : entre autres, changer de vêtements et de chaussures. Puis je me traîne derrière l'écran de mon ordinateur. Michan va, je pense, rentrer chez lui demain à Iwaki – un peu trop loin pour que Keiko et moi nous y rendions. Avant de l'appeler pour prendre de ses nouvelles et entendre de sa bouche le récit des journées et des nuits qu'il a passées à la centrale, je décide de me remémorer les échanges que nous avons eus. Et les fais défiler à l'écran :

Michan. 12 mars 2011. 12h59 :

« Je vais bien et toute la famille aussi. Les gens d'Okuma ont été évacués vers Tamura. La ville est silencieuse, mais les hélicoptères, eux, sont bruyants. Deux employés de la centrale sont portés disparus. C'est triste. Je ne peux rien acheter. Tout est fermé. Nous allons essayer d'assurer la sécurité des lieux. »

(Ce mail, nous l'avons reçu le 14 mars seulement.)

Keiko. 14 mars 2011. 9h45 :

(après l'explosion du bâtiment 1)

« Michan, ça va ? »

16 mars 2011. 8h27 :

« Michan, ça va ? Philippe aussi s'inquiète… »

20 mars 2011. 6h45 :

« Michan, la santé et le moral sont bons ?

Nous avons reçu où je travaille des réfugiés en provenance d'Okuma. Je m'occupe d'eux. Et je pense à toi. »

Michan. 21 mars 2011. 17h12 :

« Je vais bien. Mais la situation est grave. Nous cherchons la meilleure solution. À la centrale, toutes les communications avec l'extérieur sont hors-service. Nous ne pouvons envoyer d'e-mail que lorsque nous sortons de la zone. Prends soin de Philippe. Occupe-toi bien de lui. J'y retourne. On se voit bientôt. »

Michan. 24 mars 2011. 5h03 :

« Je vais bien. Il y a de la fumée noire qui s'échappe maintenant de la centrale. Le travail de la SDF et des sapeurs-pompiers progresse lentement. Ici, nous nous relayons mais ce n'est pas encore mon tour d'aller me reposer. Quand viendra-t-il ? Je n'ai qu'une envie : aller dormir quelques heures sur le bateau, dans le port de Onahama. Keiko, merci de t'occuper des réfugiés d'Okuma. On se voit bientôt. »

Keiko. 24 mars 2011. 5h33 :

« J'ai vu à la télévision le bateau sur lequel vous vous reposez de temps en temps. Michan, tu n'as pas encore eu le moindre jour de congé ? Je m'inquiète pour ton moral et ta santé. »

Keiko. 24 mars 2011. 21h00 :

« Michan, ça va ? J'espère vraiment qu'on se voit bientôt. »

Michan. 26 mars 2011. 9h30 :

« Bonjour. Cela faisait longtemps que je n'étais pas sorti de la zone dangereuse. Je vais bien. Je vais enfin pouvoir prendre un bain et manger des légumes verts. Je sais que la semaine prochaine ce sera mon tour d'être remplacé. Je vais avoir trois jours de repos, mais je ne suis pas en mesure de dire quand exactement. Les radiations continuent de s'échapper dans l'atmosphère. Je pense cependant que, petit à petit, on va y arriver. On donne notre meilleur.

On se voit bientôt. »

Keiko. 26 mars 2011. 9h46 :

« Je ne peux pas m'arrêter de pleurer. Et maman, à qui je fais suivre tes mails, pleure aussi tous les jours. On s'inquiète pour toi. On a mal. Tes "On se voit bientôt" nous remplissent cependant d'espoir. Michan, encore une fois, préserve-toi autant que faire se peut. Sois vigilant sur ta santé. »

Michan. 29 mars 2011. 6h56 :

« Je vais bien. Hier, les "girafes" ont été mises en place. Nous vérifions à nouveau les branchements et, vers 13 heures, nous les mettrons en action. Nous sommes confiants quant aux résultats.

Demain matin, je sors. Mais avant de pouvoir rentrer chez moi, je dois aller à Onahama sur le bateau pour contrôler ma radioactivité.

À la centrale, la situation est toujours très grave. Il faudra du temps pour venir à bout de tout cela. Après mes trois jours de repos, je vais y retourner. On se voit bientôt. »

Philippe. 31 mars 2011. 7h00 :

« Michan, des ingénieurs de la société française Areva viennent d'arriver au Japon pour vous prêter main-forte… »

Michan. 31 mars 2011. 8h12 :

« Je connais cette société, elle est n° 1 à l'échelon mondial dans le domaine du nucléaire. Elle maîtrise les techniques du nettoyage des déchets radioactifs. Je lui suis reconnaissant de l'aide qu'elle va nous apporter et me sens redevable. »

Keiko et moi sommes proches de Michan et de son épouse, Marie, qu'il a épousée il y a un peu plus d'une vingtaine d'années. Une femme délicieuse, réservée sans être timide, qui lui a donné trois enfants : Yuki, vingt-deux ans, étudiant à l'université de Niigata ; Yuko, dix-huit ans, en classe de terminale ; et Yuna, treize ans, en classe de JHS, Junior High School. Comme nombre des ingénieurs travaillant à la centrale, Michan dispose d'un appartement de fonction à Okuma – il ne rejoint sa famille à Iwaki que le week-end. Nous n'avons pas échangé avec Marie depuis la catastrophe. Et cela fait trois semaines maintenant qu'elle n'a pas vu son époux. Je songe à l'inquiétude qui doit être la sienne. À ses nuits sans sommeil. Aux mots qu'il lui faut trouver pour apaiser leurs enfants. Les messages minimalistes adressés par Michan ne m'étonnent pas. D'abord, ce n'est pas la personne la plus expansive qu'il m'ait été donné de rencontrer ; disons que c'est un homme capable de calme et de mesure en toutes circonstances, et qu'il tient tout particulièrement à nous le prouver en ce moment. Ensuite, je pense que Michan est tenu à une certaine réserve par son employeur. À quarante-huit ans, il a su se maintenir en bonne condition physique – c'est un adepte du ski et de la moto –, et je le sais armé psychologiquement pour faire face. Dans la mesure où il a été habilité à rejoindre les siens à Iwaki, j'en déduis que tous les espoirs sont permis. Et que, conformément à la façon dont il conclut la plupart de ses messages, « on se verra bientôt ».

Encore une bonne douzaine de secousses depuis hier. À 16 h 15, l'une d'entre elles a atteint une magnitude de 6,2 sur l'échelle de Richter. Elle duré trente secondes. Trente secondes, ce n'est pas grand-chose; cela peut aussi paraître très long. Comptez jusqu'à trente. Et imaginez ce qu'a été cette parenthèse dans le temps, le 11 mars dernier, lorsque la secousse la plus phénoménale jamais enregistrée à ce jour s'est éternisée durant cent vingt secondes…

En fin d'après-midi, le Premier ministre lance un appel à tous afin de reconstruire ce qui a été anéanti en quelques instants. Et, une fois de plus, il invite ses concitoyens à s'en remettre aux instructions des autorités compétentes tant que le risque perdurera. Il annonce qu'il se rendra demain dans le nord-est du pays. Mieux vaut tard que jamais.

Deux tout petits degrés ce matin du 2 avril et de la brume partout. Il est 6 h 30, le réveil est difficile. Vite ! un café, et j'appelle Chloé. La France est passée à l'heure d'été, ma fille est une couche-tard : je devrais la joindre sans la réveiller. Skype nous rapproche. On parle pendant une demi-heure. De sa vie, de la mienne. Raccrocher est toujours un peu difficile – nous avons l'un comme l'autre la gorge et le cœur serrés. Trois semaines que je n'ai pas donné de cours de conversation à mon petit groupe d'étudiants amoureux de la France. Alors, aujourd'hui, il faut que je me rase : il y a eu un peu de relâchement ces derniers temps. Il faudrait aussi que j'entreprenne de ranger mon bureau… C'est mon domaine réservé, Keiko n'y a pas accès, et là, c'est vraiment trop le bazar. Une chemise, des vêtements impeccables et, trois quarts d'heure plus tard, j'arrive à Shinmei Dori – je suis même en avance. Une seule absence à signaler ce matin : celle de Yoko, qui a des enfants en vacances et qui n'est pas parvenue à les faire garder. Kazuko, Keiko, Takako, Yoriko et Takahata-san sont là.

« Bonjour, comment allez-vous ?

– Ça va, me répondent-elles en chœur.

– *Sensei*, vous vous êtes fait couper les cheveux ? me demande Takako.

– *Sensei*, vous avez maigri », remarque Yoriko…

Elles me détaillent de la tête aux pieds. Takahata les écoute jacasser, un sourire amusé au coin des lèvres. La vie reprend ses droits. Elles sont légères, en apparence insouciantes, heureuses de se retrouver. Et moi, je savoure cet instant, le fait que nous soyons à nouveau réunis.

« *Sensei*, on parle de quoi aujourd'hui ?

– Je veux savoir ce que vous faisiez le 11 mars un peu après 13 heures. Je suis certain que personne parmi vous n'a oublié… »

11

Heureusement, il y a les amis

On ne se sent jamais aussi vivant qu'après avoir approché la mort d'un peu trop près; de même, les petits moments tout simples que nous offre l'existence ne semblent jamais aussi savoureux que lorsque le chaos nous a effleurés de son aile. J'écoute l'aimable babil de ces femmes, je les regarde aussi avec une attention particulière: délicates, enjouées, gracieuses – et je prends conscience du lien qui nous unit. Puis me revient en mémoire cette formule que j'ai lue, je ne sais plus où ni quand: « Le bonheur ne se trouve pas en lingots, il se ramasse en petite monnaie »…

« On commence avec toi, Kazuko, si tu le veux bien: où étais-tu lors du tremblement de terre du 11 mars?

– J'étais à la mairie, dans mon bureau…

– Et à quel étage se trouve ton bureau?

– Au premier…

– La mairie, c'est un vieux bâtiment… Cela a dû beaucoup secouer, non?

– Ah oui! J'étais accroupie sous mon bureau, et tous les dossiers me dégringolaient dessus…

– Il y a trois étages à la mairie: tu n'as pas eu peur que tout s'écroule?

– J'ai eu peur de ça, oui. D'ailleurs, après la première secousse, je suis immédiatement sortie avec l'ensemble du personnel. Mais aujourd'hui, quand j'y repense, je crois que ce qui m'a fait le plus peur, c'est le bruit…

– Merci Kazuko. Et toi, Yoriko… Où étais-tu ?

– Moi, j'étais à Tokyo pour la cérémonie de remise du diplôme de ma fille, et je me trouvais dans le hall de l'hôtel quand tout s'est mis à trembler…

– Tu t'es précipitée dehors, je suppose…

– Non, pas tout de suite. Je suis restée sur place en serrant ma fille contre moi.

– Mais c'était dangereux, le bâtiment pouvait s'écrouler…

– Non, l'hôtel a été construit récemment. Et je sais qu'il est parfois risqué de sortir dès la première secousse. À cause des vitres qui risquent de se briser : les morceaux peuvent vous tomber dessus…

– Très juste, je n'y avais pas pensé. Et toi, Keiko, que faisais-tu ce jour-là ?

– J'étais dans une annexe de la mairie, un immeuble en préfabriqué. J'étais venue voir une de mes collègues… L'annexe est de plain-pied, elle craquait de partout. Mais je me sentais quand même plus en sécurité qu'au troisième étage du vieux bâtiment, là où se trouve mon bureau. Vous savez, autrefois on construisait les maisons japonaises avec des toits en grosses tuiles faites à la main. Maintenant, on utilise des matériaux plus légers : quand ils vous tombent sur la tête, cela fait moins mal… »

Keiko est ma meilleure élève. Elle s'exprime bien et se hasarde à pratiquer l'humour dans notre langue – pas si fréquent.

« Et toi, Takako ?

– Je me trouvais sur Shinmei Dori, en bas de cet immeuble. Le sol s'est mis à craquer et il s'est fendu sous mes pieds. J'ai dû m'accrocher au bras d'un inconnu…

– Et il était comment cet inconnu ? Séduisant ?

– Je ne sais pas, je n'ai pas fait trop attention…

– À ton tour, Takahata-san… Où étais-tu au moment du tremblement de terre ?

– J'étais à Fukushima-ville, je prenais part à une assemblée des producteurs de riz, et nous étions au septième étage d'un immeuble assez moderne. On se balançait d'un pied sur l'autre pour garder notre équilibre pendant que les chaises se déplaçaient toutes seules, d'un bout à l'autre de la pièce. Nous avons attendu la fin de la première secousse et nous sommes descendus en empruntant l'escalier. Ma grande peur, c'était que la terre se remette à trembler avant que nous ne soyons arrivés en bas.

– Et personne n'a paniqué ? »

Tout le monde me répond par la négative. Et lorsque je demande à la cantonade qui a peur des radiations en provenance de la centrale, Yoriko est la seule à se déclarer inquiète.

« Ici, on ne craint rien, me répondent les autres avec un bel ensemble.

– Oui, pour l'instant. Tant que les vents n'ont pas tourné. Mais vous savez comme moi que courant avril… Allez ! On passe à autre chose, sortez votre livre de conversation à présent. »

Il est midi quand nous nous séparons – Au revoir, à la semaine prochaine. Pas toujours facile d'alimenter la conversation deux heures d'affilée avec qui ne maîtrise pas la langue et ses subtilités, mais je me suis rodé au fil du temps. Encore un domaine où je m'améliore…

Cela fait maintenant trois semaines que je mange le pain préparé par Mme Yamamoto à l'aide d'une machine. Toasté, le matin, ça va encore, mais j'ai envie d'autre chose pour déjeuner et dîner. Je vais faire un détour et passer chez Kikuya, boulanger de son état : il cuit une baguette « à l'ancienne » qui n'a rien à envier à celle que je pouvais me procurer autrefois. Celle-ci a en outre le mérite de faire oublier le camembert en boîte sans goût autre que celui du plâtre – et qui plus est sans odeur – que l'on trouve au supermarché. Il y a bien un fromager dans les environs qui en importe ; mais à raison de vingt-deux euros le produit normand, c'est un écart que je ne m'autorise que très rarement.

Me voilà chez Kikuya :

« Bonjour Philippe-san, les baguettes sortent du four à l'instant… »

Cette odeur ! Y prêtez-vous encore attention, lorsque vous franchissez le seuil d'une boulangerie ? Cette odeur, c'est le temps qui s'inverse, qui me ramène à une période enchantée, celle de l'enfance et de la douceur de vivre. C'est aussi celle de mon pays.

La mère de Kikuya se tient derrière la caisse, un sourire que rien ne peut éteindre délicatement posé sur les lèvres. Elle a toujours un mot ou une attention aimables. À chaque fois que je lui achète des croissants, elle m'en glisse un ou deux supplémentaires dans un sac en papier dont elle entortille les extrémités avec application. C'est sa façon de me remercier de lui avoir rapporté d'Espagne un tableau qui couvre presque tout un mur de sa boutique – elle en est très fière.

Je prends quelques viennoiseries en prévision de la visite que je m'apprête à rendre à Mikio, un gaillard de plus d'un mètre quatre-vingt-dix, ce qui est un gabarit plutôt rare pour un Japonais : une carcasse pareille, il faut la nourrir. Ma visite est un peu intéressée. Mikio va m'installer Windows sur mon nouveau Mac. Avant de se retirer à Aizu Wakamatsu, il travaillait pour Motorola, tantôt au Japon tantôt à l'étranger. Il est parfaitement bilingue, *hardware* et *software* n'ont pas de secret pour lui : un homme providentiel à mes yeux, compte tenu de mes connaissances en matière d'informatique.

Son épouse Michiko est une cuisinière d'exception et elle nous prépare un en-cas en quelques minutes, alors que nous comparons les mérites respectifs de son iPad et de mon Macintosh nouvelle génération. Je remarque à nouveau, tandis que Mikio bascule les applications d'un appareil à l'autre, combien elle excelle à présenter avec un raffinement sans pareil les mets les plus anodins. Leur maison est neuve et elle a très bien résisté aux secousses : ni lézarde ni fissure. Les murs comme le plafond sont intacts. En revanche, les bibelots et les verres qui se trouvaient sur les étagères ont dû finir en morceaux dans une poubelle. Lorsque mon regard s'attarde sur l'entrelacs de ficelles qui arriment les meubles, Mikio marmonne :

« Pas très beau, mais efficace… »

Avant de s'installer ici, ils occupaient une maison ancienne sur les hauteurs. Ils gelaient d'un bout à l'autre de l'hiver et ont décidé de recourir aux services d'une société suédoise pour faire construire leur *sweet home* : des gens aussi habitués au froid que les Suédois ne pouvaient pas les décevoir. En outre, des plans dessinés à Stockholm, difficile de rêver plus exotique aux yeux de ce couple de Japonais…

Quand nous nous séparons, je montre à mon ami le détecteur de radiations que le consul de France a gracieusement mis à ma disposition :

« Envoie-moi un e-mail chaque matin avec les mesures que tu auras effectuées, me demande Mikio. Comme ça, je saurai que tu es toujours en vie. Et donc que je ne crains rien… »

J'ai hâte d'être chez moi et de jouer avec mon nouvel ordinateur sans fil – la soixantaine ne me met pas à l'abri d'accès d'infantilisme, et j'aurais plutôt tendance à m'en réjouir. Je commence par appeler mon père et celle qui partage sa vie ; grâce à la caméra intégrée, je leur fais découvrir la maison dans ses moindres recoins, puis le jardin où un peu de neige brille encore sous le soleil. C'est alors que mon portable sonne. Tony, autre citoyen de Sa Gracieuse Majesté et néanmoins ami, me demande où je me trouve en ce moment…

« Je suis à la maison…

– Bonne réponse, mon vieux Phil. C'est celle que j'attendais parce que j'y serai dans quelques instants… »

Tony a habité les environs durant vingt-cinq ans. C'est grâce à lui que j'ai été reçu puis accepté par une communauté japonaise réputée fermée ; nous avons été les piliers du même bar et enseigné ensemble : cela crée des liens. Et puis mon ami a épousé Michiko, une jeune femme originaire de la préfecture de Miyazaki, qu'il a rencontrée à Tokyo. Elle n'a jamais supporté l'hiver en Aizu et l'a convaincu un jour de s'établir dans le sud, sur l'île de Kyushu. Leur départ a été à l'origine d'un grand vide dans ma vie japonaise. Ils ont continué à m'adresser des nouvelles, et j'ai ainsi appris qu'ils avaient eu deux garçons, Enda-kun et Ronan-kun, deux futurs rugbymen.

Tony et moi tombons dans les bras l'un de l'autre :

« Tony !!! Que fais-tu dans nos montagnes ? Tu t'es égaré ? Enfin, peu importe parce que je suis content de te voir. Entre… »

Tony m'explique qu'il a collecté, dans l'école où il enseigne, des vêtements destinés aux enfants de la ville de Minamisoma, ravagée par le tsunami. Il va rejoindre un de ses copains à Fukushima dans la soirée, et ils feront route ensemble demain aux premières lueurs de l'aube.

« J'ai longtemps habité par ici et je me sens redevable envers tous ces gens qui m'ont si bien accueilli…

– Je comprends. Tu veux un jus de fruit ?

– Non, merci. Un verre d'eau me suffira. Dans cinq minutes, je suis parti…

– C'est ce qui s'appelle une visite éclair…

– Oui, je sais. Mais je reviendrai plus longtemps. Promis. »

Quelques instants plus tard, je le regarde s'éloigner. Et je regrette de ne pouvoir l'accompagner.

Michan doit être chez lui depuis hier soir. Je ne l'ai pas appelé, pour préserver sa tranquillité et celle de ses proches au moment de leurs retrouvailles. Je regarde ma montre et décide de lui téléphoner avec Keiko à mes côtés : une initiative saluée d'un tonitruant « Bonjour ! »

Après quoi, Michan s'excuse de ne pas avoir appelé sitôt arrivé :

« En fait, poursuit-il, j'avais un peu trop bu.

– Tu devais sans doute avoir besoin de faire retomber la pression. Pas trop fatigué ?

– Content, surtout, de me retrouver à l'air libre… Oui, c'est long. Mais ça va maintenant. Encore mieux depuis que j'ai pris un bon bain et descendu quelques bières.

– Marie est avec toi ?

– Oui, et les enfants aussi…

– Je te dérange peut-être ?

– Non, non pas de problème…

– Comment vous vous organisez sur place ?

– En général, les équipes travaillent par tranches d'une heure, puis elles sont remplacées. Mais cela dépend des jours…

– Vous êtes bien protégés ?

– On porte des masques en permanence, ainsi que des combinaisons spéciales et des bottes. Au début, cela a été très dur. Nous sommes restés plusieurs jours sans pouvoir sortir. On était confinés, il n'y avait presque pas de nourriture et on ne pouvait pas utiliser nos téléphones portables. Nous avons commencé à nous organiser, puis les ingénieurs américains et français sont arrivés. Rien n'est résolu encore mais je pense qu'on va s'en sortir… »

Puis, s'adressant à Keiko :

« Keiko, ne dis pas aux réfugiés d'Okuma que ton oncle travaille pour Tepco. Ils doivent détester Tepco…

Dis merci à Philippe pour l'aide que nous apportent les Français. Et remercie-le pour moi d'être resté près de toi. Et qu'il ne s'inquiète pas, l'aide d'Areva nous est précieuse et on va y arriver…

– Je n'y manquerai pas Michan, merci. Prends soin de toi… »

Je poursuis la conversation avec lui :

« Tu es chez toi pour combien de temps ?

– Je reste ici jusqu'au 5 avril… C'est les vacances. Après, j'y retourne, je ne sais pas pour combien de temps. Mais ne t'en fais pas : on reste en contact par e-mail et on se voit bientôt…

– Ça va aller ?

– Oui, bien sûr. Ne t'en fais pas, je te dis… Bon, c'est vrai, entre les conditions de travail et l'hébergement, la vie n'est pas forcément facile. Le pire, on l'a vécu les premiers jours parce que rien n'était prévu pour faire face à une catastrophe de ce type. Plus de communication avec l'extérieur, pas d'électricité, pas de réserves d'eau et presque rien à manger. Ça a été comme ça pendant quatre jours et, franchement, c'était terrible. Je n'aimerais pas revivre ces moments-là… »

Sa voix est un peu rauque. Je pense que l'usage prolongé du masque à gaz n'est pas étranger à ce timbre inhabituel. Michan poursuit :

« C'est la réaction en chaîne qui nous a dépassés. Nous ne parvenions pas à enrayer cette succession de catastrophes parce qu'on manquait d'hommes et de matériel. Maintenant, ça va. Chacun a retrouvé sa place et ses marques. J'aurais bien aimé pouvoir communiquer avec vous plus souvent, mais ce n'était pas possible…

– Et comment les choses se déroulent-elles pour toi quand tu quittes la centrale ?

– Les collègues et moi, on quitte la centrale dans des bus qui nous emmènent sur un destroyer des SDF dans le port d'Onahama. Tu vois où c'est ? C'est au sud d'Iwaki. Là, on est décontaminé et on a le droit de prendre une douche. Trop courte à mon sens. On nous refile des rations militaires, et on a le droit de dormir quelques heures. Mais il n'y a pas assez de place pour que les équipes tournent plus vite. Heureusement, il y a un navire américain qui va venir la semaine prochaine, et cela devrait s'arranger. On aura plus de places pour accueillir les gars, et on pourra même faire venir des effectifs supplémentaires. Philippe ? Tu es toujours là, Philippe, tu m'entends ?

– Oui, Michan, continue. Je t'écoute…

– Je voulais te remercier personnellement pour l'aide de la France…

– Au risque de te décevoir, je vais t'avouer quelque chose : je ne suis pas pour grand-chose dans le fait que mon pays soit intervenu…

– Si. C'est important. Écoute-moi : je te remercie de ce que ton pays fait pour nous. De ce que fait Areva aussi. Leurs ingénieurs sont très compétents. Et puis, une autre chose encore, Philippe…

– Oui…

– Insiste bien auprès de Keiko. Les patients de l'hôpital comme les réfugiés d'Okuma ne doivent pas savoir que son oncle travaille chez Tepco. J'insiste parce que ça aussi c'est très important…

– Michan, qu'il y ait des gens d'Okuma pour détester Tepco aujourd'hui, je veux bien l'entendre. Mais je peux te dire que tout le Japon est fier de ses ingénieurs et du boulot que vous faites.

– J'ai reçu plein de messages de soutien. Ça m'a aidé…

– Quand venez-vous ?

– Pas tout de suite…

– Oui, ça je m'en doute un peu. Mais je me dis que descendre une bière ensemble, ça ne nous ferait que du bien. Tu ne crois pas ?

– Oui, c'est une bonne idée il me semble…

– Bon, Michan, je ne veux pas abuser de ton temps de repos. Fais attention à toi…

– Je ne fais que ça, Philippe. Merci. *Dewa*…

– Oui, Michan, dewa, on se voit bientôt. Je compte sur toi. »

Je demande à Keiko si elle désire encore parler à son oncle.

« Non. Je crois que cette fois je ne pourrais pas m'empêcher de pleurer », me répond-elle…

Puis je raccroche.

Le directeur général de l'AIEA annonce devant plusieurs rangées de micros que la situation à la centrale du Fukushima reste « très grave ». De l'eau fortement radioactive s'écoule directement dans l'océan par une fissure de 20 cm apparue dans un puits. Tout cela ne va donc jamais s'arrêter ?

12

En attendant la rentrée

Dimanche 3 avril. Temps froid, ensoleillé, légère brise d'ouest en est. Et 0,23 microsievert dans l'atmosphère. À la télé, rien sur la centrale avant 10 heures du matin. Les reportages se focalisent sur le sort des réfugiés et leurs besoins qui sont bien évidemment immenses – le gouvernement affirme qu'il va y pourvoir en partie. Je me dis que sans cette menace permanente, ce sentiment d'insécurité qui nous pèse à chaque instant depuis le 11 mars, Keiko et moi passerions un week-end paisible comme nous les affectionnons. Elle, vautrée sur un canapé, en train de lire, de se reposer ou de rêver ; et moi, dans le jardin à réparer les méfaits de l'hiver. Il faudrait d'ailleurs que je me bouge un peu. J'enfile des bottes, un masque et des gants, et me voilà parti à redresser quelques arbres, à ramasser ici et là des branches cassées. Est-ce que je respire mieux depuis que j'ai arrêté de fumer ? Non, je n'en suis pas certain. Dommage. Cela viendra ou non – je ne sais pas. Un rapide tour d'horizon de mon potager maintenant. En octobre dernier, j'y ai planté de l'ail et des oignons que je devrais normalement récolter en juillet. Quel sera le taux de radiations auquel mes plantations auront été exposées d'ici là ? Jardinier, mais pas devin. Dans la région, les agriculteurs, et notamment ceux qui font pousser leurs légumes à l'intérieur de serres, commencent à râler. Enfin, de là à les voir défiler avec des banderoles… Mécontentement identique chez les producteurs de lait. Il faut traire les vaches puis tout balancer ensuite. Plus personne ne veut des produits des uns et des autres.

2 200 nouveaux réfugiés sont arrivés d'Okuma après avoir transité par Tamura. Cela fait plus de trois semaines maintenant qu'ils sont transbahutés de gymnases en écoles. À Aizu, les familles vont être réparties dans des hôtels, des gîtes et des pensions. Tout a été pensé, organisé. Les enfants seront accueillis dans leur nouvelle classe le 8 avril, jour de la rentrée. Je suis impressionné.

13 h 38. De fortes secousses. Très brèves. Elles font trembler mon écran et ma lampe durant trois secondes, pas davantage. Mais à chaque fois, l'effet de surprise vous saisit et la peur s'empare de vous. La peur de vous trouver à nouveau au beau milieu d'un monde où tout bascule. La peur de prendre votre toit sur la tête parce que vous n'aurez pas eu le temps de sortir. La peur d'être tué ou blessé. Ou tout simplement de vous retrouver dans un cauchemar comparable à celui que vous avez déjà traversé. Cette expérience, vous ne voulez plus jamais avoir à la vivre. Elle vous hante. Je pense à Michan. Je me dis qu'il n'a pas besoin de ça en ce moment.

J'ai un nouveau contact au Japon, et nous échangeons sur Skype peu après ces quelques sautes d'humeur de la terre. C'est un Français prénommé Jérémie ; je l'ai vu sur France 2 où il a donné une interview et je l'ai trouvé intéressant et sympathique. Depuis, nous prenons régulièrement des nouvelles l'un de l'autre. Lui aussi a choisi de rester au Japon. Après avoir obtenu un CAPES à Rennes, il étudiait l'informatique à Sendai. Compte tenu des événements qui s'y sont déroulés, il est allé chercher refuge à Yamagata. De là, avec d'autres étrangers rencontrés sur place, il s'est débrouillé pour trouver un camion et convoyer des vivres et des vêtements destinés aux survivants du tsunami.

« Salut Jérémie ! Comment vas-tu aujourd'hui ?

– Mieux...

– Pourquoi ?

– Parce que j'ai à nouveau du gaz... On n'en avait plus depuis le tremblement de terre. Donc il a fallu trouver une espèce de réchaud sur lequel viennent se greffer des cartouches. Pour le réchaud, pas de problème ; mais en très peu de temps, il est devenu impossible de se procurer les cartouches. Alors, pour cuisiner, c'est quand même mieux maintenant...

– Dis-moi, tu as reçu tes pastilles d'iode ?

– Non...

– Et ta Dosicard ?

– Non plus...

– Tu n'es pas en contact avec l'ambassade ou le consulat ?

– Non, c'est le service économique qui m'a joint à trois reprises pour vérifier si j'étais toujours de ce monde.

– Bizarre. Je vais te donner les coordonnées de Philippe Martin, le consul de France. Je suis certain qu'il fera le maximum pour t'aider...

– Je te remercie.

– On se rappelle demain. Tiens-moi au courant… »

Flash à la télé. Les corps des deux ouvriers qui avaient disparu lors de la première explosion viennent d'être retrouvés. Ils avaient vingt et un et vingt-quatre ans. Michan nous avait parlé d'eux dans l'un des premiers mails qu'il nous a adressés. Leurs dépouilles vont être rendues aux familles après décontamination.

Journée relativement calme. La Côte d'Ivoire et la Libye nourrissent l'actualité de ce week-end – les demandes des chaînes se font moins pressantes. Ma femme m'affirme qu'elle en est ravie : elle a ainsi « l'impression de me retrouver un peu ». Oui, il est vrai qu'entre le stress lié aux secousses et mes interventions télévisées, je n'ai pas été ces derniers temps un mari particulièrement attentionné. Allez ! Je vais renouer avec la tradition et m'atteler à préparer un repas d'une extraordinaire complexité : carottes râpées, œufs durs, un filet mignon en papillote qui sera agrémenté de quelques pointes d'ail et de macaronis au beurre. Une nouvelle secousse. Magnitude : un peu plus de 5. Mais rien ne m'arrêtera dans mon élan culinaire. J'opère avec un œil rivé au téléviseur. Tous les efforts des ingénieurs de Fukushima se concentrent sur la façon dont ils pourraient juguler la fuite d'eau radioactive qui continue de polluer l'océan Pacifique. D'abord, ils ont eu recours au béton. Sans grand succès. Ensuite, ils ont utilisé une résine composée de différents polymères censés se solidifier au contact de l'eau – démarche qui ne s'est pas révélée plus probante que la précédente. C'est très bien de veiller à ne plus contaminer les poissons et les coquillages – et tout l'écosystème sous-marin : j'y suis infiniment favorable ; cependant, j'aimerais que les collègues de Michan se préoccupent davantage des fumées qui s'échappent de cette saleté de centrale. On ne sait pas exactement ce qu'elles recèlent, et voilà qui me préoccupe beaucoup plus. Je ne vais pas manger de sushis dans un futur proche ni aller me tremper dans la mer. En revanche, j'ai l'intention de respirer encore un peu. Je dirais même que c'est une priorité. Je suis désolé de vous le révéler : le stress et l'angoisse exacerbent les tendances égoïstes de certains êtres humains. Je suis au nombre de ceux-ci. Et tant que vous n'aurez pas eu une centrale déglinguée pas très loin de chez vous, vous ne pouvez être catégorique quant à la façon dont vous seriez susceptible de vous comporter.

À peine un pied posé par terre, ce lundi 4 avril, je vais vérifier si le vent nous est favorable – d'autant qu'il est fort : je vois certains de mes arbres s'arc-bouter. Tout va bien… Il souffle toujours dans la direction qui éloigne les particules vers le Pacifique. Il est 7 h 20, un thermomètre indique qu'il règne la température de six degrés à l'intérieur de la maison… Rien de trop. Je démarre le petit radiateur d'appoint au fuel. Ici, les gens ne chauffent que les pièces dans lesquelles ils se trouvent et les seuls Japonais disposant du chauffage central sont ceux qui résident sur l'île d'Hokkaïdo.

Dans les environs, les maisons, au fil du temps, ont été de plus en plus nombreuses à se voir équipées de panneaux photovoltaïques ; pour ma part, je suis resté sur un mode de fonctionnement où le solaire n'a pas trouvé sa place. Sûr que je vais dorénavant considérer les choses sous un angle différent. Entre hier et ce matin, nous avons été secoués une bonne dizaine de fois, Keiko et moi. Elle est fatiguée et tendue quand je l'accompagne jusqu'à sa voiture : ma femme s'apprête à quitter la maison médicalisée où elle est employée pour une autre, plus proche de 15 km. Elle devrait se réjouir, mais non : elle est attachée à « ses » malades et à ses collègues. Et même si elle ne me l'a pas confié, je pense qu'elle doit aussi redouter l'inconnu... Débarquer dans un nouvel établissement, s'intégrer, amener les gens de votre service à rompre avec certaines pratiques pour accepter vos méthodes, cela n'a rien d'évident, que ce soit au Japon ou ailleurs. Et là, compte tenu de la conjoncture, compte tenu du fait que les individus – tous sans exception – sont ébranlés par tant d'incidents, et dans la mesure où leurs conséquences restent encore floues, Keiko sait que la partie n'est pas gagnée d'avance. Je l'invite à avoir davantage confiance en elle. Je lui rappelle que son expérience, son calme conjugué à sa patience, ainsi que son sourire feront des merveilles.

Au Japon, il est courant de changer de poste au sein d'une même entreprise, et donc de lieu de travail. Et, en général, les hommes ne rejoignent leur famille qu'en fin de semaine. Concernant les professeurs, cette opportunité ne leur est pas toujours offerte : leur fonction se prolonge durant les week-ends car ils sont en charge d'entraîner les élèves, voire de les accompagner dans le cadre de manifestations sportives, ce qui peut les conduire à l'autre bout du pays. Les profs de l'enseignement secondaire restent rarement plus de trois ans au sein du même établissement. S'ils restent dans la même préfecture, ils vont néanmoins se trouver envoyés d'une école à une autre durant leur carrière. Lorsque j'enseignais au lycée d'Aizu, le Conseil d'éducation de Fukushima m'a demandé, « au vu de mes qualités », d'aller dispenser le savoir dans un établissement de Koryiama. Keiko et moi venions d'acheter notre maison : je me voyais mal passer mes semaines là-bas et encore moins gâcher trois heures de mon temps chaque jour dans les transports. J'ai donc choisi de démissionner et, en peu de temps, j'ai trouvé un emploi à l'université. Elle dépend pour moitié de l'État, le reste de son budget étant couvert par des financements privés, donc, si le cœur m'en dit, je suis libre d'y travailler encore une bonne dizaine d'années. À moins que d'ici là, les événements…

Je ne me suis pas encore penché sur les nouvelles aujourd'hui. Le bilan des morts et des disparus a dépassé le seuil des 30 000 personnes, Tepco a déjà rejeté dans la mer quelque 11 500 tonnes d'eau radioactive et les grandes entreprises du pays prévoient des résultats baissiers durant les mois à venir.

Dans les centres d'accueil, la vie s'organise. Je suis surpris de constater combien les membres d'une même famille – des survivants du tsunami pour la plupart – se révèlent peu démonstratifs, voire avares d'effusions, lorsqu'ils se retrouvent. Des larmes, oui. Mais pas ou peu d'étreintes et encore moins d'embrassades. Ils expriment leur émotion aussi discrètement que possible, en se tapotant le dos, rarement davantage. Je suis sûr que lorsque je vais retrouver ma fille, les larmes vont couler, il y aura des effusions, le besoin de s'embrasser, d'étreindre l'autre. Pourquoi une telle différence de comportement ? La raison est la suivante : ici, l'éducation est orientée en fonction de la société et de ses diktats, jamais tournée vers la famille…

Le frère de Keiko a un fils, Akun, et deux filles : Reika, huit ans, et Nodoka, un peu plus jeune, toujours dans les jupons de sa grand-mère. Depuis sa prime enfance, j'ai appris à Reika – avec l'aval de ses parents, bien évidemment – qu'elle peut m'embrasser lorsque j'arrive chez elle et lorsque je pars. Jusqu'au CE1, aucun problème : elle savait me manifester son affection et ne s'en privait jamais. Aujourd'hui, c'est terminé. Après un an passé au cours préparatoire, l'enfant est formaté, programmé pour s'éloigner du cocon familial et se tourner vers la société. Et les règles qu'elle lui impose. Bien sûr, il arrive encore à Reika de venir se blottir contre moi, de temps à autre. Parce que le lien affectif existe toujours. Mais pour elle, désormais, ce comportement est « *hazukashi* » : il est honteux. Alors, depuis le temps où j'enseigne, j'ai pu évaluer le vide affectif dont souffrent beaucoup d'enfants japonais. Il se traduit par des pleurs qui s'échappent tant parce qu'ils sont heureux que malheureux. Les larmes sont le seul moyen pour eux d'exprimer un ressenti, quel qu'en soit la nature.

Ici, on ne demande pas à un enfant quel est son âge, mais dans quelle classe il se trouve. Dans la mesure où le redoublement n'existe pas, même en cas de résultats plus que médiocres, il suffit de savoir où il en est de sa scolarité pour connaître le nombre de bougies qu'il a soufflées sur son dernier gâteau d'anniversaire. Tiens ! Le bruit d'une moto. Vais-je trouver dans ma boîte à lettres l'envoi de la CRIIRAD ? Non. Rien. Demain, peut-être…

Le plus plaisant dans la façon dont j'ai été amené à exercer mon métier ici, c'est qu'il appartient au professeur de déceler le talent chez chaque enfant. Est-il doué pour la musique, le sport, le dessin ? Aujourd'hui, je m'adresse à de très jeunes gens et je trouve ailleurs la satisfaction d'enseigner – voilà tout. Cette courte introspection me permet d'ailleurs de constater à quel point mon enthousiasme est resté intact. Il me tarde de me retrouver sur une estrade, même si, cette année, la rentrée sera certainement d'une tonalité toute particulière.

Je vais descendre en ville acheter la presse internationale. Les news sur Internet et à la télé, pas question de vivre sans. Impossible de se priver aujourd'hui de l'instantanéité de la Toile, de la technologie et des moyens dont disposent les grandes chaînes à travers le monde lorsqu'il s'agit de couvrir des événements majeurs – je pense aux chaînes américaines, notamment. Mais rien ne remplace, à mon sens, l'analyse développée sur une colonne ou sur plusieurs pages, le regard croisé de plusieurs journalistes sur une même thématique. J'aime m'accorder du temps dans un fauteuil et lire les quotidiens comme les magazines. J'aime tourner les pages, sentir le papier sous mes doigts, froisser, plier. Il y a là un plaisir presque sensuel que je ne peux bien évidemment jamais éprouver lorsque je vois les informations défiler sur un écran.

En route vers Aizu, je marque une halte au *conbini* sous l'impulsion de la faim et de la curiosité. Un sandwich au pain de mie ferait bien mon affaire. La boutique en reçoit-elle à nouveau ? Oui. Il y en a au thon, aujourd'hui. Je doute que ces poissons aient été pêchés aux abords immédiats de nos côtes. Donc, peu de risque. Pour ce qui concerne la salade et l'œuf dur qui l'accompagnent… C'est une autre affaire. Je ne vais pas non plus stresser à chaque fois que je suis sur le point d'ingurgiter quelque chose. Le monde entier cède à une sorte de psychose collective. Il ne faut pas que je me conforme à la tendance générale. Les choses ne font que commencer. On en a pour plusieurs mois à surveiller le taux des radiations dans l'atmosphère, les vents, la provenance de ce que nous mettons dans notre assiette. Oui, on n'en est qu'au début. Et précisément parce que nous sommes au début du printemps. Voyons un peu plus loin… Fin mai, ce sera la saison des pluies. Avec l'été, la température oscillera entre trente et trente-cinq degrés. Le taux d'humidité dans l'air sera alors de 80 %. Les fenêtres des maisons resteront grandes ouvertes, et on roulera vitres baissées dans les voitures – ou avec la clim, ce qui revient au même – jusqu'au mois d'octobre. Dieu fasse que les vents ne tournent jamais. Je sais cependant que c'est beaucoup Lui demander…

13

Gambate Nippon !

Mardi 5 avril. Deux degrés, vent stable et réveil difficile. Hier soir, Tony est revenu de Minamisoma – ville située à 35 km de la centrale –, où il a livré vêtements et nourriture aux survivants du tsunami. Au total, depuis Miazaki, son lieu de résidence dans le sud du Japon, il aura parcouru plus de 1 400 km et passé onze heures sur un ferry. Son passage à Aizu Wakamatsu a été l'occasion de quelques libations auxquelles Julian et d'autres ont été conviés. Chacun est venu avec des vivres, car s'approvisionner devient de plus en plus problématique. L'interdiction aux éleveurs et aux agriculteurs de vendre leurs produits est toujours en vigueur et, dans les supermarchés, les prix flambent sur tous les produits frais. La hausse des carburants a pour effet d'accentuer ce phénomène. Julian et moi nous demandons si les légumes que nous plantons – salades, tomates, pommes de terre, choux, aubergines, poivrons et radis – seront ou non comestibles cette année : de juillet à la fin du mois de novembre, ils nourrissent nos familles, nos amis et nos voisins. Je n'ai pas à ce jour reçu les détecteurs de la CRIIRAD qui me permettront de mesurer le taux de radioactivité des aliments. Je dois me montrer encore un peu patient…

Les pêcheurs dont le bateau n'a pas été emporté par le tsunami ne sont pas pour autant en mesure d'exercer leur métier. Des milliers de tonnes d'eau radioactive ont été déversées, et les poissons, même remontés dans des filets à 40 km des côtes, sont impropres à la consommation. Pas de légumes, pas de riz, pas de laitages, pas de poissons : la situation se complique sérieusement. D'ailleurs, le porte-parole du gouvernement a aujourd'hui appelé la population à garder son calme « afin que les rumeurs ne se propagent pas ». Des taux visant à fixer une limite en matière de radioactivité ont par ailleurs été établis aujourd'hui pour les produits de la mer : 2 000 Bq au kilogramme pour l'iode 131 et 500 Bq pour le césium 137.

Tepco, dont le cours des actions ne cesse de baisser, envisage de verser des avances sur indemnités aux familles qui ont été évacuées : un million de yens pour chacune, ce qui représente une somme de 8 500 euros. L'aide de l'État pour ces mêmes familles pourrait, quant à elle, être comprise entre 3,5 et 5 millions de yens – soit 30 000 à 42 000 euros environ. Les compagnies d'assurances pourvoiront au reste…

Toujours un taux de radioactivité très bas à Aizu Wakamatsu et dans ses environs, ce mercredi 6 avril : il est même inférieur à celui que l'on enregistre quotidiennement dans certaines régions de France. J'erre sur le Net en quête d'informations sur l'incidence des radiations, la façon dont elles affectent le vivant. Je cherche aussi une réponse à cette question : dans la mesure où du plutonium a été décelé dans le sable à proximité de la centrale, comment est-il possible qu'il n'en ait pas été relevé dans l'eau ? Toujours des interrogations. Des craintes en cascade que je tente d'apaiser. Et puis, mon attention vient à se porter vers l'extérieur… C'est une journée de printemps comme j'en attends depuis longtemps. Il fait doux, pas un nuage ne se hasarde à barrer le bleu du ciel. J'embarque ma Dosicard, enfile des bottes, un masque, et prends la direction du jardin. Avec le retour des beaux jours, les taupes s'en donnent à cœur joie – si les radiations ne leur règlent pas leur compte, c'est moi qui m'en chargerai. L'ail redresse la tête après être resté recroquevillé sous la neige. Ici et là, les premiers crocus… J'ignore pourquoi ce sont toujours les jaunes qui fleurissent les premiers ; les mauves et les blancs, comme les bicolores, ne viennent que plus tard. Je redresse quelques arbres, en taille d'autres. La vie reprend également chez M. Watanabe, qui balaie les feuilles sous le regard débonnaire de son labrador. Je leur adresse un signe amical. Être dehors me fait du bien. Sentir à nouveau les rayons du soleil sur ma nuque alors que je suis agenouillé en train d'extraire quelque racine me rappelle que je suis encore bien vivant et décidé à le rester. Le téléphone sonne au fond de ma poche. C'est Takako :

« *Hello !* Comment vas-tu ?

– Bien. Je ne t'ai pas donné de nouvelles plus tôt parce que je suis un peu occupée en ce moment…

– Ah bon… Et à quoi ?

– Une antenne de la mairie d'Okuma s'est ouverte à Aizu, et tous les réfugiés doivent venir s'y inscrire. On nous donne à remplir des tonnes de paperasse afin de recevoir les subventions de l'État, les indemnités versées par Tepco et les assurances. Ça n'en finit pas... Il faut faire le descriptif de tout ce que l'on possédait et qui a été abandonné, jusqu'au moindre meuble. Et puis indiquer où l'on travaillait, quelle était notre fonction, si l'on a de la famille dans d'autres préfectures, etc. Enfin, quand tu as répondu à tout ça, tu as l'impression d'être à poil.

– Ah oui, je sais que les Japonais sont plutôt du genre discret et qu'ils n'aiment pas trop entrer dans le détail de leur vie privée...

– Exactement !

– Et sinon, que fais-tu de ton temps ?

– J'aide mes amis d'Okuma à s'installer, à remplir des formulaires de toutes sortes... Je leur montre où sont les écoles, les hôpitaux, la gare, les bus – enfin, tout ce dont ils vont avoir besoin. Et je leur livre du saké, des bouteilles offertes par mon père. »

J'avais oublié que le père de Takako est le président de la plus importante – et aussi la plus ancienne – fabrique de saké de la région...

« C'est pour les aider à oublier leurs soucis ? »

Takako rigole et part d'une énorme quinte de toux.

« Tu devrais arrêter de fumer, lui dis-je. Et ton mari, où est-il en ce moment ? »

Un petit instant de flottement. Puis Takako reprend :

« Il est encore entre Okuma et Futaba à recenser les cadavres... Les corps, je te l'ai dit, sont intransportables.

Ils dégagent une radioactivité de 10 000 millisieverts en moyenne, donc, maintenant, il faut les compter de loin. Et puis, Taiko a reçu pendant une demi-heure une dose de 2 000 millisieverts. Il a été contrôlé puis renvoyé sur site… Mets ça sur le compte du manque d'effectifs.

– Tu l'as revu ?

– Non. Toujours pas. Pas depuis le 12 mars… »

L'eau contaminée continue d'être rejetée à la mer et les coopératives de pêcheurs ont maintenu l'interdiction de déployer les filets dans un rayon de 40 km. Des représentants de Tepco sont venus présenter des excuses à la profession ; mais la colère monte, même si la centrale s'apprête à verser des millions de yens d'indemnités. La tension est en outre entretenue par les secousses qui n'en finissent pas de se succéder. Encore une dizaine depuis hier. À chaque fois, c'est un rappel de cette calamité qui s'est abattue sur le pays et aussi une nouvelle menace. Chacun vit dans l'angoisse d'une secousse majeure suivie d'un tsunami. Une hypothèse qui ne peut être écartée et qui pourrit la tête. Que se passerait-il alors à la centrale de Fukushima-Daiichi ?

Il est 5 h 26, le jeudi 7 mars, quand arrive sur mon portable un mail de Michan :

« Je vais bien. Aujourd'hui, je suis allé à bord d'un véhicule spécialement équipé effectuer des prélèvements autour de la centrale, surtout côté mer. C'est terrible. Comment allons-nous pouvoir réparer ? Ensuite, je suis allé faire d'autres prélèvements en ville : et là, c'est vraiment l'horreur. Je n'ai pu m'empêcher de pleurer.

Jusqu'à maintenant, j'étais fier d'être ingénieur dans le nucléaire depuis plus de vingt ans et de pouvoir me porter garant de la sécurité de mes compatriotes. Ce ne pourra plus jamais être le cas. Tout le monde ici voudrait en finir au plus vite, on ne voit pas pour autant le bout du tunnel. Prochain congé : peut-être le 13 avril. On se voit bientôt. »

Keiko lui a répondu :

« Moi, Michan, je suis toujours fière de toi. »

On se lève. Ma femme ne travaille pas : sa nouvelle affectation lui a donné l'opportunité de changer ses jours de congés. En optant pour le jeudi, cela lui permet de superviser les livraisons le lundi, et, le cas échéant, lorsque des denrées viennent à manquer, de modifier ses menus. C'est aujourd'hui la rentrée des classes maternelles, et Keiko s'est portée volontaire pour surveiller le passage des gosses lorsqu'ils devront traverser dans les clous pas très loin de la maison. Ils portent tous des casquettes réversibles : le côté rouge permet aux encadrants de les repérer en dehors de l'école ; le côté blanc est réservé aux activités dans l'enceinte scolaire – à l'exception des bâtiments où ils doivent rester tête nue. Les petites filles sont en jupe plissée, les petits garçons en short de flanelle grise, et ils avancent dans la rue par petits groupes, les plus grands ouvrent la marche. Un vieil homme croise leur chemin et il leur crie :

« *Gambate Nippon !* »

Oui, « Allez le Japon ! ». Il va bien avoir besoin d'encouragements. La croissance du pays va connaître un net ralentissement durant les deux ou trois trimestres à venir, selon l'OCDE, l'Organisation de coopération et de développement économiques. À titre indicatif, l'aéroport de Tokyo a enregistré depuis le 11 mars un flux de passagers inférieur de 75 % à celui relevé l'année dernière à la même époque.

Bien que résident, je dois tous les trois ans faire renouveler mon « *Re-Entry Permit* » par les autorités japonaises. Cela donne au service de l'immigration l'occasion de m'alléger de six mille yens et je dois me rendre à Koriyama, soit à une cinquantaine de kilomètres, pour satisfaire à cette obligation. Comme je ne me déplace plus jamais sans ma Dosicard, je découvre que la radioactivité y est de 1,95 microsievert, alors qu'elle atteignait à peine les 0,21 ce matin à Aizu Wakamatsu. Cela fait presque un mois que ses 350 000 habitants sont soumis à ce taux de radiations et pourtant ils sont peu nombreux, dans les rues, à porter un masque. Même si nous ne sommes là que pour une heure, Keiko et moi choisissons de nous protéger. Des camions des Self Defense Forces circulent dans tous les sens ; chacun est équipé d'un panneau indiquant l'objet de sa mission, et ce afin de ne pas effrayer la population.

Après avoir obtenu, de qui de droit, l'autorisation de séjourner ici encore une poignée d'années, je me mets en quête de verres à pied, car aucun n'a résisté aux secousses de ces dernières semaines. Puis nous rentrons en évitant l'autoroute, pour le seul plaisir de marquer une halte au lac d'Inawashiro. Un endroit de rêve où vous pouvez l'été venu pratiquer la voile, le ski nautique ou encore pêcher, avant de passer la nuit sur la plage.

Arrivé à la maison, je décide de nettoyer la terrasse et remets en place la grande table conviviale, longue de trois mètres, que j'ai fabriquée il y a trois ans. Puis je dispose les chaises longues dans lesquelles, j'espère, nous pourrons nous assoupir bientôt l'esprit en paix. On n'en est pas encore là si j'en crois les infos : Japan Agriculture annonce que, suite à de nouveaux prélèvements, il demeure impossible de planter du riz dans un rayon de 50 km autour de Fukushima. Pour combien de temps ? Impossible d'avancer la moindre estimation.

Je crois que s'endormir l'esprit serein dans un transat, ce n'est pas pour demain…

Vendredi 8 avril. Matin difficile après une soirée et une nuit d'horreur. Hier, à 23 h 32, comme le remake d'un mauvais film : la terre s'est mise à trembler – 7,1 sur l'échelle de Richter –, et cela a été d'une violence inouïe, l'épicentre du séisme étant situé à environ 60 km de Sendai. Je m'apprêtais à aller me coucher quand l'alarme a sonné sur le nouveau portable de Keiko. Je ne sais pas où elle a téléchargé cette application, en tout cas, dès qu'elle a entendu l'alerte, elle s'est éjectée du sofa et est venue me chercher en criant « *Jishin !* » – ce qui signifie « Tremblement de terre », vous l'aurez compris. Et là, ça a commencé à trembler, à secouer de plus en plus fort. J'ai quand même pris le temps de poser ma lampe de bureau sur le sol et j'ai pris mon ordinateur avec moi. Depuis le 11 mars dernier, j'ai vraiment peur lorsque cela commence à gronder et à tanguer sévère. Je sais vraiment ce qu'est un gros *jishin*. Je sais aussi qu'il n'y a rien à faire. Juste attendre et espérer. C'est tout. Difficile d'être à la fois aussi passif et vulnérable. Et là, celui d'hier soir, il était vraiment méchant. Long. Le genre à ne jamais s'arrêter. J'ai eu le temps de compter jusqu'à quarante. Tout de suite, la télé a relayé l'alerte au tsunami. Et je me suis dit qu'on allait à nouveau basculer dans l'horreur. Heureusement, l'alerte a vite été levée. En revanche, rien, pas un mot sur la façon dont la centrale a encaissé le choc. J'ai été tenaillé par le doute, évidemment. Et puis Tepco a annoncé par l'intermédiaire d'un porte-parole qu'il n'y avait aucun nouveau dommage à signaler. Tout le personnel ayant été évacué, cette annonce a eu pour effet de me rassurer seulement à moitié.

Ce matin, donc, les télés reviennent en boucle sur l'actualité de la veille, et les chaînes françaises se font à nouveau pressantes.

Je pense à mon père qui vit une retraite tranquille en Espagne, pas très loin de deux centrales, à 10 km très précisément de Vandellos 1 et 2. La première est en démantèlement depuis 1989 – c'est-à-dire depuis plus de vingt ans –, et ce n'est toujours pas terminé. Alors, quand j'entends M. Kan évoquer le démantèlement de Fukushima pour nous rassurer, je reste un peu sceptique : il y a encore beaucoup de substances radioactives qui vont s'en échapper, et ce n'est qu'au fil des années que l'on prendra conscience de l'ampleur de cette catastrophe. De toute façon, sur un rayon d'environ 10 km autour de la centrale, c'est mort. Tout est mort : cette partie du Japon est à rayer de la carte à tout jamais. Reste à savoir si l'expérience des uns permettra aux autres de tirer un enseignement de cette catastrophe, dont on s'apercevra, j'en suis certain, qu'elle est aussi grave que celle de Tchernobyl.

Après les enfants de la maternelle, c'est aux élèves de sixième jusqu'à la seconde de faire leur rentrée aujourd'hui. Un événement majeur pour eux comme pour leurs parents : ils changent de cycle. Dans cette société très hiérarchisée, il importe d'apprendre très tôt à respecter les plus anciens. Ainsi, un élève de CM2, qui aura été un référent pour les plus jeunes, se verra, une fois passé dans le cycle supérieur, relégué tout en bas de l'échelle : il devra faire allégeance à ses aînés. Et ainsi de suite jusqu'à la seconde – classe très importante du cursus scolaire japonais, car elle est la dernière étape avant l'entrée à l'université. Avec ce système, les Japonais évoluent dans une société où l'ouvrier de chez Nissan jouira du même respect que n'importe lequel de ses supérieurs, jusqu'à M. Ghosn, le président de cette entreprise, car les uns comme les autres apportent leur pierre à l'édifice, et ils ne sont rien les uns sans les autres. Pour cette seule raison, si vous faites abstraction des tremblements de terre, des tsunamis, des volcans, des centrales nucléaires, des experts et des politiciens, il n'y a guère d'endroits sur cette terre où la vie est plus agréable qu'au Japon.

14

Au bout du bout du rouleau

Il pleut des cordes, ce samedi 9 avril. Je n'aime pas ça du tout : la pluie va rabattre vers le sol les particules radioactives en suspension dans l'air alors que le vent, lui, continue de nous être favorable. Triste journée en perspective, qui menace d'être ponctuée par des répliques plus ou moins violentes, puisque tel est maintenant notre quotidien. Autant se faire à cette idée, car les sismologues sont formels : le Japon sera soumis durant encore un an, voire deux ans, à des secousses d'intensité variable – et rien ne nous dit que nous n'essuierons pas un « Big One ». Cette seule information porte sur les nerfs de chacun. Comment se projeter dans pareil avenir, autrement que la tête contre les murs ?

Keiko est rentrée tard hier soir. Elle était très en colère…

« Que t'arrive-t-il ? lui ai-je demandé.

– J'ai commandé des flacons de glucose pour les perfusions, m'a-t-elle répondu, et la société qui me les fournit d'habitude n'a pas été en mesure de me les livrer.

– Pour quelle raison ? On trouve de l'essence partout à présent…

– Parce qu'ils n'ont pas reçu les cartons utilisés pour le conditionnement. Donc, pas de cartons, pas de flacons de glucose. »

Nombreuses sont les entreprises qui fonctionnent encore par intermittence, du fait des coupures d'électricité. Et à l'évidence, l'économie japonaise va en souffrir encore longtemps.

Une grande partie de l'électricité consommée à Tokyo provient de la centrale de Fukushima. Tepco va devoir trouver des solutions et notamment recourir aux barrages hydroélectriques. À l'heure actuelle, avec la fonte des neiges, leur niveau est satisfaisant ; puis viendra la saison des pluies et, jusqu'en juin, tout devrait bien se passer. Ensuite, au cœur de l'été, ce sera une autre affaire. J'imagine l'étuve dans les tours de verre où travaillent des centaines de milliers de Tokyoïtes si celles-ci, dans un souci d'économie de l'énergie, venaient à ne plus être climatisées.

Le gouvernement envisage de faire procéder à de nouvelles évacuations. Il n'est pas cependant question que celles-ci interviennent dans un rayon de 80 km comme les États-Unis ont pu le suggérer – Greenpeace estimant, pour sa part, que 50 km offriraient une sécurité suffisante. En tout cas, ce sont les 7 000 habitants de la ville d'Iitate qui figureraient les premiers sur la liste. Mais demeure un problème : il est déjà extrêmement difficile de fournir un toit, même temporaire, aux survivants du tsunami. Alors, comment subvenir aux besoins des naufragés de l'atome ?

Ici, chacun redoute de nouvelles fuites radioactives. Mais personne n'en parle : ce comportement, aujourd'hui, ne serait pas socialement acceptable ; il ne doit plus être question maintenant que de « reconstruction ». D'ailleurs, parmi les élèves auxquels je m'adresse chaque samedi matin, seule Yoriko se hasarde à me confier qu'elle ne dort plus depuis que sa fille a été engagée par une entreprise de Koriyama. Aux séquelles du traumatisme majeur que nous avons vécu le 11 mars, sont venus s'ajouter le stress lié aux répliques incessantes et l'angoisse du risque nucléaire : nous ne vivrons plus jamais comme avant.

Après deux semaines passées dans des centres d'accueil, nombre de familles qui ont été évacuées de la zone contaminée veulent regagner leur domicile. À la promiscuité et l'hygiène relative, elles préfèrent aujourd'hui l'incertitude liée aux radiations. Parmi celles-ci, beaucoup d'agriculteurs et de personnes âgées, pour qui aucune autre alternative n'est envisageable. Les survivants du tsunami, eux, n'ont pas le choix ; mais il n'en va pas de même pour ceux qui vivaient dans un rayon de 20 à 30 km autour de la centrale… Alors, ils veulent retrouver leur maison, leur terre, leurs bêtes. À quoi bon leur parler d'iode 131 ou de césium 137 ? Ils ne comprennent pas ou ne veulent pas comprendre de quoi il retourne et quels sont les risques encourus. Inutile de leur expliquer que leurs futures récoltes ne seront pas en mesure d'être consommées, que le lait de leurs vaches ne trouvera plus jamais preneur.

Ce matin, nous sommes pourtant dimanche, le 10 avril pour être précis, il est 5 h 45 quand, des haut-parleurs disséminés un peu partout sur la colline, retentit la voix de M. Endo. Il est l'ancien principal d'un lycée de la ville et, de cette époque où il inspectait les élèves en passant entre les rangs les mains dans le dos, il a gardé une diction et un ton empreints d'une certaine autorité. C'est un personnage d'un mètre soixante-cinq, sec comme un coup de trique, qui, depuis qu'il a pris sa retraite, est responsable de l'association regroupant les heureux propriétaires des habitations sises sur la colline – association à laquelle j'ai l'honneur d'appartenir. M. Endo fait la jonction entre la mairie et nous, l'inverse restant dans le champ de ses compétences : une lampe grille au sommet d'un mat métallique, un nid-de-poule s'est creusé au beau milieu de la route, un arbre penche dangereusement, bref, vous l'aurez compris, il suffit d'appeler Endo-sensei – il est très à cheval sur les convenances – et le problème sera vite réglé.

Donc, d'avril à octobre, chaque deuxième dimanche du mois, il harangue ses troupes de la colline encore endormie, leur rappelant que celle-ci est parcourue par deux routes et qu'il convient de les entretenir. Point de ralliement : à 6 heures, devant la maison de M. Yamamoto. À l'heure dite, nous voilà rassemblés dans le froid, prêtant l'oreille à notre chef d'îlot, M. Sato, chargé de nous transmettre les instructions de Endo-sensei. Il faudra balayer, nettoyer, redresser des arbres, vider les caniveaux des feuilles mortes qui s'y sont accumulées, remettre en place les barrières dégagées en prévision du passage des chasse-neige. Notre îlot recense seize maisons. Dans la mesure où certaines sont occupées par des femmes seules et d'autres par des personnes âgées – je veux dire vraiment âgées –, nous sommes peu nombreux à nous retrouver un balai à la main. Je fais partie des cinq hommes valides qui auront donc l'immense bonheur de se montrer utiles à la collectivité. N'essayez pas de vous défiler… Nous sommes au Japon, et ce n'est pas tant l'amende de cinq euros que vous seriez appelé à verser qui vous meurtrirait mais la mort sociale à laquelle vous seriez immanquablement condamné. Chaque foyer verse l'équivalent de dix euros mensuels à l'association et, disposant de pareil pactole, elle organise chaque année un barbecue dans un parc. Ici, l'individu n'existe pas vraiment – ce qui compte, c'est la collectivité et sa force de cohésion.

À 7 heures du matin tout est terminé, on se sépare après s'être salué, et, avec la satisfaction du devoir accompli, je regagne mon *sweet home* à peine radioactif – 0,17 microsievert seulement ce matin sur ma terrasse – où m'attend un petit-déjeuner bien mérité. Quand j'y pense, deux personnes seulement portaient un masque : M. Wanatabe et moi-même. Quant à M. Yamamoto, mon cher voisin pour qui les arbres n'ont aucun secret, j'ai renoncé à l'inviter à se servir du sien.

Peu d'infos à la télé ce dimanche. En revanche, un reportage est diffusé sur les enfants qui ont survécu au tsunami. Le 11 mars, dans toutes les villes côtières, les gosses étaient en classe au moment où la vague a déferlé. Faute de place, nombre d'écoles ont été construites sur les hauteurs ; les parents et grands-parents de ces enfants, dans leur immense majorité, se trouvaient à travailler en ville ou à leur domicile : il y a donc eu très peu de rescapés. Et ce sont des orphelins par centaines sur lesquels s'attarde la caméra. On les voit hagards, hébétés, encore dévastés par le choc, regroupés dans des salles de classe. Ils posent cette question dès que passe un adulte :

« Où est mon papa ? Où est ma maman ? »

Ils savent pourtant que la vague a tout emporté, tout détruit, qu'elle a balayé des vies par milliers. Ils sont anéantis, et leurs pleurs communicatifs. Mais ils tentent de se raccrocher à l'espoir de revoir leur mère et leur père – c'est ce qui leur permet de se sentir encore un tout petit peu vivants…

Une femme apparaît. Elle travaille à l'hôpital, lequel a aussi été construit sur les hauteurs. Deux petites filles s'élancent – elles crient, elles hurlent : « Mamaaannn ! » Ce sont deux sœurs qui n'en finissent pas de serrer leur mère retrouvée, de l'étreindre, de l'embrasser. Ensuite, l'une d'entre elles se dirige vers une enfant de son âge et lui dit simplement en la prenant par la main : « Viens avec nous. »

Pour aller où ? En bas, il ne reste plus une maison. Il ne reste rien.

« Où est papa ? demande ensuite la fillette à sa mère. Où sont papi et mamie ? »

Aucune réponse à sa question. Elle n'insiste pas. La mère fond en larmes, et on la voit s'éloigner avec les trois petites filles agrippées à elle.

Que vont devenir tous ces enfants ? La journaliste explique qu'ils se retrouveront dans des foyers, en attendant d'être placés dans des familles d'accueil. Des orphelinats seront également construits. À un moment, alors qu'elle s'entretient avec ces petits survivants, la journaliste éclate en sanglots. Elle pose son micro et quitte la salle…

D'autres images. La caméra s'attarde sur des personnes âgées qui ont pu rejoindre un centre de réfugiés. Hommes et femmes racontent la peur qui a été la leur lorsque l'alerte a été donnée. Les gens à pied ou à vélo qui ont envahi la route unique en direction des hauteurs, l'embouteillage indescriptible des bagnoles bloquées dans leur progression par la horde paniquée. Cela va bientôt faire un mois qu'elles sont ici à tenter de surmonter leur chagrin. Il n'y a pas de chauffage, peu à manger et pratiquement plus de médicaments. Certains parmi ces survivants avaient été placés dans des maisons de retraite. Ils recevaient des soins, bénéficiaient de l'attention du personnel de santé, leurs repas étaient équilibrés. Aujourd'hui, ils doivent se contenter de *ramen*, des soupes lyophilisées qui leur sont servies à chaque repas ou presque, ou alors de boules de riz servies sans autre accompagnement. Pas de légumes frais, pas de protéines. Beaucoup sont tellement affaiblies qu'elles ne peuvent plus marcher. Des bénévoles font leur possible pour les réconforter. Ils n'ont pas reçu de formation, ils trouvent cependant les mots justes. Ils viennent du cœur.

Beaucoup de centres de réfugiés ont recours à la NHK pour lancer des appels. La nourriture manque, les vêtements, les couches, les mouchoirs en papier, les sacs-poubelle… La Croix-Rouge japonaise se démène pour lever des fonds. Chanteurs, sportifs et célébrités en tout genre se relaient à l'antenne. Les enfants cassent leur tirelire pour aider d'autres enfants. Le pays se mobilise.

Aujourd'hui, la population était appelée à voter dans de nombreuses communes et notamment à Tokyo. La situation actuelle a occulté ce fait. Il y aura beaucoup d'abstentions ici ; un peu comme en France lors des cantonales, mais pas pour les mêmes raisons…

11 avril. C'était il y a un mois tout juste… Le tremblement de terre le plus puissant jamais enregistré dans ce pays a provoqué un tsunami qui a tout détruit sur 400 km de côtes. Il a fait au bas mot 40 000 victimes. À 14 h 46, le pays se fige dans une minute de silence.

Un peu plus tard, dans tous les ports de la côte est, les sirènes d'alarme, celles qui, précisément, annoncent l'imminence d'un tsunami, se mettent à hurler. Leur hululement se prolonge durant une minute. À l'antenne, on voit des enfants paniquer, ils tremblent, ils tournent la tête dans tous les sens. Ou ils pleurent.

Temps maussade. Comme le moral. Comme le physique… Comment pourrait-il en être autrement ? Le représentant du gouvernement annonce que les habitants se trouvant dans une zone comprise entre 20 et 30 km de la centrale de Fukushima seront évacués dans un délai d'un mois. Ils doivent se préparer à partir. Il en va de même pour ceux des villages d'Iitate,

Minamisoma et Namie, situés au nord-est de la préfecture. Ce sont encore 50 000 personnes, dont des gens âgés, parfois malades, qui vont devoir renoncer à leurs biens. Existe-t-il une assurance à même de vous indemniser du chagrin éprouvé lorsque vous venez à abandonner la maison où vous avez grandi ? Celle que vous teniez de vos parents et que vous comptiez transmettre à vos enfants… Et tous ces objets qui vous sont chers, à leur place depuis si longtemps, vous devrez bientôt les abandonner eux aussi. Vous allez abandonner vos souvenirs. Vous allez abandonner des pans entiers de votre mémoire. Vous allez vous retrouver dans un centre d'accueil froid et inconfortable, les conditions d'hygiène seront restreintes. Quand serez-vous à nouveau logé décemment ? Les indemnités perçues pourront-elles jamais vous dédommager vraiment de cette peine incommensurable qui est la vôtre ? Mais tout va se passer en douceur. Sans panique. Il faut faire confiance au gouvernement. Peut-être vous demanderez-vous pourquoi cette décision n'a pas été prise plus tôt ? Tout simplement parce qu'il fallait organiser cette migration forcée. Seul et unique avantage : vous avez un mois pour vous organiser vous aussi…

16h00 : un tremblement de terre très violent – 6,6 sur l'échelle de Richter. Son épicentre se situe à l'intérieur des terres, ce qui est rare… L'impression que tout va s'écrouler – je n'en peux plus. 17h16 : Une secousse de trente-cinq secondes – l'horreur ; sa magnitude est de 7,1 et je suis en train de répondre à une interview sur I Télé. Je laisse tout en plan et je me précipite à l'extérieur. Je suis vidé. Je n'en peux plus. Je crois que cette fois je suis en train de craquer. J'ai envie de partir. De me trouver dans un pays où l'on n'est pas secoué comme ça, n'importe quand, de jour comme de nuit, où l'on vit sans appréhension. Sans cette trouille immonde qui se tient tapie au fond des tripes au moment où ça commence à gronder, et qui explose au moment où tout se met à vibrer autour de vous… Il y a toujours un petit temps d'incrédulité lorsque ça démarre. Vous vous demandez si vous avez bel et bien senti une secousse. Et puis, très vite, vous avez la réponse à votre question. Et vous êtes comme un animal terrorisé au fond de son terrier. La raison vous commande de sortir. Mais vous êtes tétanisé. Où allez-vous chercher la force de mettre un pied devant l'autre, de vous diriger vers la sortie ? C'est l'instinct de survie qui vous la procure, c'est elle qui vous guide jusqu'à l'extérieur. Depuis le 11 mars, des centaines de secousses se sont succédé : si ce n'est pas l'enfer, ça y ressemble…

20 h 00. Nouvelle interview sur I Télé. Je fournis un effort considérable pour rester stoïque face à la caméra. Mais j'en ai marre. J'ai envie de chialer. Je suis au bout du rouleau. Au bout du bout. J'ai accepté un entretien avec M6 en fin d'après-midi. Celui-ci est programmé un peu plus tard dans la soirée. Désolé. Je me défile. Ce n'est pas dans mes habitudes pourtant. Mais cette fois, j'abandonne la partie. Ça ira pour aujourd'hui, c'est mieux comme ça… Il faut que j'aille me coucher. Il faut que je dorme. Il me faut tout oublier.

15

Niveau 7 !

Mardi 12 avril. 0,21 microsievert ce matin autour de chez moi. Pas de quoi trembler, mais c'est plus que les jours précédents. Normal : contre toute attente, le vent a tourné. Il souffle du nord vers l'ouest à présent. Je suis encore plus fatigué qu'hier. Presque déprimé. En moins de vingt-quatre heures, nous avons encaissé trente-quatre secousses sismiques. Oui. Trente-quatre ! Comment faire pour endurer cela et garder un moral à toute épreuve ? Je crois que c'est le fait d'avoir peur en permanence qui m'éprouve le plus. Cela fait maintenant un mois que je vis dans la peur – et un mois dans ces conditions, c'est long... En tout cas, une chose est sûre : je ne suis pas un héros. Je suis fait pour la quiétude et le confort. Et puis, je n'aime pas avoir à me poser des questions à tout instant ; d'autant que les réponses à celles-ci, si je viens à les trouver ou si elles me sont fournies par une quelconque autorité, n'auront pas pour effet de m'apaiser. Je suis venu dans ce pays, je crois, parce qu'il est à même de m'offrir un mode de vie conforme à mes aspirations profondes. Il correspond à mon tempérament, je me retrouve dans nombre de ses valeurs, je me sens proche de sa population et je goûte son art de vivre. En outre, il m'a accueilli puis offert une situation enviable au sein de sa société réputée pyramidale et fermée. Tout serait donc parfait si, pour savourer tout cela, je ne devais pas avoir à encaisser plusieurs centaines de tremblements de terre en un laps de temps aussi réduit. Et avoir à vivre à proximité d'une centrale nucléaire endommagée comme d'autres en dessous d'un volcan…

Je demande à Keiko si elle a reçu des nouvelles de son oncle. Elle me répond par la négative et lui adresse un mail dans la foulée. Surprise : Michan, qui n'est jamais très prompt à se manifester, pas plus qu'à entrer dans les détails, nous répond dans la demi-heure qui suit :

« Nous avons arrêté d'arroser le bâtiment 3 avec les “girafes”. Nous allons maintenant utiliser un “éléphant” : c'est un camion-pompe monstrueux, dix fois plus puissant que ce que nous avons utilisé jusqu'alors. Il est arrivé par la route depuis le port d'Onahoma, et nous avons fini de l'installer hier, vers 17 heures. Peu après le tremblement de terre, une partie du bâtiment 3 s'est écroulée. À quelques mètres de “l'éléphant” et sans l'endommager… À un quart d'heure près, nous aurions certainement été sous les décombres. Y aurait-il un Dieu ? S'il nous entend, qu'il exauce nos prières et que tout cela se termine rapidement. Je serai de repos le 15 avril, si tout va bien. On se voit bientôt. »

Ma femme lui répond aussitôt :

« Michan, merci de nous avoir adressé ce mail. Mais, dis-moi, tu parles beaucoup de girafes et d'éléphants… Tu travailles au zoo ou à la centrale de Fukushima ? Réponds-moi vite ! »

Elle rit, de son rire clair et cristallin, presque un rire d'enfant. Et ajoute à mon intention, le regard dans le vague, presque triste subitement :

« J'espère que ça le fera au moins sourire. Je pense qu'il en a besoin… »

Ce matin, je dois me rendre à l'hôpital pour un petit contrôle de routine ; je m'y astreins tous les mois. Le médecin qui me suit est encadré de trois infirmières au garde-à-vous lorsque je pousse la porte de son bureau. Il se lève, me salue en s'approchant de moi main tendue :

« Philippe-sensei, vous avez passé le cap des trois mois sans tabac. Avec toutes mes félicitations, permettez-moi de vous remettre ce diplôme… »

J'ai envie de rigoler ; il ne faut pas cependant… Mon interlocuteur est on ne peut plus sérieux. Trois mois sans allumer une cigarette, et tout le monde ici vous applaudit : j'adore ce pays. Avec un peu de chance, ça fera demain la Une du journal local. Un médecin particulièrement âgé – quatre-vingts ans peut-être, l'expression malicieuse – a entendu des applaudissements et il vient nous rejoindre. Il se présente et, à mon grand étonnement, me demande si je parle allemand. Quand je lui réponds que cela manque à mon bagage, il m'affirme :

« Qu'à cela ne tienne… Mon anglais est excellent. Vous, les Européens, et les Américains aussi je pense, me dit-il avec un accent british impeccable jusque dans la façon dont il prononce les diphtongues, vous allez critiquer le gouvernement japonais et vous n'aurez pas de mots assez durs pour fustiger Tepco… »

Je le regarde, vaguement interloqué. Je ne sais vraiment pas où il veut en venir.

« Nous autres, Japonais, nous irons nous en prendre au poisson-chat… »

Là, je ne suis plus très loin de la stupeur ; cela l'amuse, et il ne se prive pas de savourer son petit effet…

« Il y a au Japon, poursuit-il, une ville qui s'appelle Kashima. Elle est réputée du fait que les tremblements de terre y sont peu nombreux. Et lorsqu'un séisme vient à s'y produire, il est toujours d'une faible intensité. On ignore les causes de pareille singularité : c'est comme ça, voilà tout…

– Je l'ignorais…

– Dans cette ville de Kashima, reprend le vieil homme, il y a un temple shintoïste, et dans ce temple, une grande statue. C'est une très ancienne croyance japonaise qui a inspiré celui qui l'a sculptée. Elle représente un géant appuyant de toute sa puissance sur un rocher ; et sous celui-ci, il y a un poisson-chat. Le géant cherche à l'empêcher de gigoter. Autrefois, au Japon, lorsque survenait un tremblement de terre, les gens pensaient que c'était la faute d'un poisson-chat gigantesque tapi dans les profondeurs de l'océan… Et, voyez-vous, là où cela devient amusant, c'est que le poisson-chat est devenu l'emblème de toute une corporation : celle des menuisiers. Parce qu'après chaque tremblement de terre, ils ont beaucoup de travail et ils sont les premiers à s'enrichir…

Niveau 7. L'annonce vient d'en être faite : la catastrophe de la centrale de Fukushima a été classée par les autorités japonaises au niveau de gravité maximum. Ce niveau 7, c'est celui de l'accident survenu à Tchernobyl en 1986. Alors, mettez-vous un peu à ma place : lorsque vous prenez connaissance de cette info, vous avez furieusement envie de savoir quelles sont les raisons pour lesquelles cette décision de passer du niveau 5 au niveau 7 du jour au lendemain a été prise. Si vous êtes en Europe, ou aux États-Unis par exemple, la réponse à cette interrogation, vous allez l'avoir instantanément. Mais pas au Japon. Vous allez donc vous demander dans un premier temps s'il s'est produit un nouvel incident, voire un nouvel accident dont vous n'auriez pas été informé. Après un séisme d'une magnitude de 7,1, et sachant la centrale de Fukushima-Daiichi quelque peu fragilisée en ce moment, ce genre de pensée peut facilement vous venir à l'esprit. Et puis, vous le savez depuis le début, on ne fait pas dans la transparence la plus complète, tant au gouvernement que chez Tepco…

L'explication, claire, nette et précise, je la trouverai dans le n° 9304 de *Libération*, sous la plume de Coralie Schaub, qui a recueilli les propos de Didier Champion, expert à l'Institut de radioprotection et de sûreté nucléaire (IRSN) :

Question : *Vous attendiez-vous à une telle décision ?*

DC : Oui. Elle est justifiée. La précédente évaluation au niveau 5 ne convenait pas. On savait qu'il y avait eu des rejets radioactifs dans l'environnement.

Et on soupçonnait la présence de dépôts, dont les niveaux à certains endroits sont aujourd'hui comparables à ceux causés par Tchernobyl.

Fukushima aura-t-il pour autant les mêmes conséquences que Tchernobyl ?

Pas vraiment. Il ne suffit pas de comparer les becquerels rejetés. À Fukushima, l'étendue des territoires contaminés est bien plus limitée. Les rejets radioactifs dans l'atmosphère ont été environ dix fois moindres et n'ont pas été rejetés de la même façon. À Tchernobyl, l'explosion du réacteur a projeté des particules à plus de 10 000 m d'altitude et sur plusieurs centaines de kilomètres. À Fukushima, les rejets, plus diffus, ont été rabattus au sol par la pluie et la neige, ce qui explique que la zone fortement contaminée se limite à quelques dizaines de kilomètres au nord-ouest du site.

Voilà. En peu de mots, tout est dit…

Tous les habitants de la zone inscrite dans un rayon de 10 à 20 km autour de la centrale ne sont pas encore partis à ce jour – certains, d'ailleurs, s'y refusent avec la dernière énergie. Le gouvernement leur donne un mois pour évacuer « par eux-mêmes ». Mais après la mise en place d'une organisation dédiée aux 200 000 rescapés du tsunami, l'afflux de ces nouveaux naufragés de l'atome pose problème. J'en veux pour exemple la préfecture de Fukushima, qui n'est plus en mesure d'offrir la moindre place dans les écoles ou les gymnases, et ce, depuis l'évacuation de la zone des 10 km. Les rouages de l'administration commencent à gripper. Qui est encore en mesure de faire quelque chose ?

Les propos du Premier ministre, selon lesquels la situation progresse « pas à pas » à la centrale, me laissent indifférent. Son discours est convenu. Il ne peut pas en tenir d'autre. J'ai l'impression de l'avoir entendu cent fois en l'espace d'un mois. Il fait son job et c'est tout. Michan m'en apprend davantage. Encore une vingtaine de secousses aujourd'hui, dont une d'une magnitude de 6,2. Je suis épuisé.

Ce mercredi 13 avril, le soleil brille depuis 5 heures du matin. Je me lève et commence par relever mes mails. L'un d'entre eux m'a été adressé par la CRIIRAD durant la nuit, et il m'annonce la livraison prochaine de la dizaine de compteurs Geiger, les Radex, grâce auxquels je pourrai mesurer le taux de radioactivité tant dans l'atmosphère que sur les aliments. Enfin une bonne nouvelle. Elle est néanmoins tempérée par cet article titré « Japon : les experts calculent, les populations subissent », dont je prends connaissance sur le site de cet organisme. En voici un court extrait :

« Que les rejets de Fukushima-Daiichi soient inférieurs ou équivalents à ceux de la centrale ukrainienne, ils ont provoqué une contamination préoccupante qui affecte des millions de personnes. Les calculs auraient dû être faits bien plus tôt et mis au service de leur protection. »

Un peu plus loin, je lis :

« La NISA (Nuclear and Industrial Safety Agency) indique que l'ordre d'administrer les comprimés d'iode stable n'a été donné que le 21 mars. Soit plusieurs jours après la survenue des rejets radioactifs massifs. Alors que ces comprimés ne sont efficaces qu'à la condition d'avoir été ingurgités *avant*... »

À qui la NISA a-t-elle donné ce genre d'instruction ? Par quel canal ? La chaîne NHK n'a pas relayé la moindre consigne, la moindre information à ce sujet. Croyez-moi, cette nouvelle a le don de vous saboter la journée. J'appelle la NISA : vaine tentative. J'appelle la CRIIRAD : mon interlocuteur n'est pas en mesure de me renseigner. Bien. Je crois que je vais retourner me coucher...

Moi, pour ma protection, j'ai maintenant une girouette. C'est un objet simple et fiable à la fois, plutôt joli – merci, Keiko, de me l'avoir offert. Je m'emploie à la fixer et, immédiatement, elle m'apporte un peu de réconfort : le vent souffle à nouveau vers l'océan Pacifique. Autre nouvelle à même de stimuler un moral pour le moins défaillant ces derniers temps : si j'en crois la NHK, l'autorisation de planter dans les rizières a été donnée pour toute la région d'Aizu et celle d'Inawashiro. Le sourire éclaire à nouveau le visage des paysans assis au volant de leur tracteur. Ils vont creuser jour et nuit des sillons dans la boue, puis ce sera la mise en eau, et la plantation quelques jours plus tard. Malheureusement, il n'en sera plus jamais de même dans les zones qui ont été évacuées ou celles qui devront l'être dans un mois : des doses de presque 30 000 becquerels au kilo ont été enregistrées dans des prélèvements effectués à un mètre de profondeur.

Encore des images d'une tristesse infinie sur la chaîne NHK : un couple de personnes âgées recherchent leur fils qui vivait au deuxième étage d'un joli petit immeuble. Ils sont désespérés, ils comprennent qu'ils ne le reverront jamais et s'agenouillent subitement pour prier, ensemble, dans une parfaite simultanéité, sans s'être concertés.

Le commentateur rappelle qu'en 1896, une vague de 36,50 m s'est abattue à quelques kilomètres de Minamisanriku ; le 11 mars 2011, au même endroit, elle atteignait 40 m. Sur les 17 000 habitants de cette petite localité en bord de mer, 9 500 ont perdu la vie. L'eau s'est engouffrée à plus de 10 km à l'intérieur des terres…

10 h 08. Première secousse de la journée. Très courte. Moins de cinq secondes. Magnitude 5,8 sur l'échelle de Richter ; l'épicentre est à une dizaine de kilomètres à l'intérieur des terres. Soit à environ 90 km de chez moi. Chaque nouveau tremblement de terre est ressenti comme une effraction de crâne et une violation de domicile. De cette double intrusion, vous sortez un peu plus amoindri à chaque fois. Ces expériences multiples et douloureuses nous ont rapproché, Keiko et moi. Comme elles m'ont rapproché de ma famille et de mes amis. Quand tous les toits de nos maisons, de nos autobus, de nos trains, de nos voitures, de nos parkings, de nos supermarchés, de nos usines seront recouverts de panneaux solaires, et à condition de recourir à

l'électricité fournie par les barrages, on pourra – peut-être – renoncer au nucléaire. Il est peu probable que je serai encore là pour le voir. Alors, en attendant, je vais m'efforcer de vivre de mon mieux et de savourer encore davantage ces petits riens délicieux qui me sont offerts entre deux secousses : ils me rendent encore souvent heureux. Je sais que je vais rester quelque temps sans avoir à restaurer des meubles anciens. Je crois que les antiquaires qui me les confient ne croulent pas sous les commandes à l'heure actuelle. Mais bon. J'ai de quoi m'occuper. J'ai mes élèves et mes étudiants. Ceux que je connais et ceux que je découvrirai à la rentrée, en mai prochain.

L'université, les écoles, les lycées ont été l'objet de relevés minutieux. L'enseignement peut reprendre comme si de rien n'était – ou presque. Dans la mesure où des réfugiés attendent des jours meilleurs dans les gymnases, et puisque les associations de parents d'élèves ont refusé que la gym se déroule à l'extérieur, c'est maintenant dans les couloirs et les escaliers que ça se passe. Le sens pratique des Japonais. Ici, à Aizu Wakamatsu, les gens ont une expression qu'ils utilisent à tout bout de champ pour vous signifier que tout va bien se passer. Ils disent : « *Sasekene* ». En France, on a « Ça va aller » pour signifier cette même impression. Quand cette formule est utilisée cependant, vous l'avez sans doute remarqué, c'est que ça ne va déjà plus tout à fait bien. Mais qu'il y a encore un peu d'espoir…

Alors, oui : *Sasekene*.

Liens utiles

http://en.wikipedia.org/wiki/Timeline_of_the_Fukushima_I_nuclear_accidents#Tuesday.2C_12_April

http://www.irsn.fr/FR/Actualites_presse/Actualites/Pages/201104_informations-residents-francais-japon.aspx

http://www.japanquakemap.com

http://earthquake.usgs.gov/earthquakes/recenteqsww

http://fr.wikipedia.org/wiki/Faibles_doses_d'irradiation

http://www.criirad.org

Remerciements

L'ambassadeur de France à Tokyo, M. Philippe Faure

Le consul de France à Tokyo M. Philippe Martin

Le personnel de la cellule de crise de l'ambassade de France

Corrine Castanier, de la CRIIRAD

Clement Legoff, de France 2

Michel Chevalet, de ITélé

Marc Cantarelli, de ITélé

Michele Bernard, de ITélé

Michel Denizot, de Canal+

Bruce Toussaint, de Canal+

La rédaction de M6

La rédaction de TSR

La rédaction de France Inter

La rédaction de France Info

Anne-Sophie Lechevallier, de Paris-Match

Les amis qui m'ont aidé : Dominique, Julian, Junko, Taiyo, Tony, Miyako, Naomi, Takako, Claire, Teresa, Akram.

Ceux qui m'ont soutenu : Marie, Charlotte, François, Patrice, Jeremy et tant d'autres.

Ma famille, bien sûr,.en Europe et au Japon.

Enfin, j'aimerais rendre hommage à Michan et remercier les hommes qui, par leur abnégation et leur courage, tentent, au risque de leur vie, de préserver la nôtre.

Table

N° d'éditeur : 63768

Impression réalisée par
CPI BRODARD ET TAUPIN
La Flèche
en avril 2011

Imprimé en France
Dépôt légal : mai 2011
N° d'impression : 64440